若き作家の告白

Umberto ECO Confessions of a Young Novelist

ウンベルト・エーコの小説講座

ウンベルト・エーコ
訳 和田忠彦／小久保真理江

筑摩書房

【目次】ウンベルト・エーコの小説講座

装幀＝ｋｒｒａｎ（坂川朱音・西垂水敦）
装画＝伊藤彰剛

ウンベルト・エーコの小説講座

CONFESSIONS OF A YOUNG NOVELIST
by
Umberto ECO

Japanese translation published by arrangement with
Harvard University Press through The English Agency (Japan) Ltd.

1　左から右へと書く

この講義は「若き小説家の告白」と題されています。七七歳にもなろうという作家がいったいなぜ、と不思議に思う人もいるかもしれません。けれどわたしが最初の小説『薔薇の名前』を出版したのが一九八〇年ですから、小説家の仲間入りをしてから実はまだ二八年しか経っていません。それゆえ、わたしは自分のことをとても若く将来有望な小説家（これまで出した小説はたった五冊、この先五〇年かけてもっとたくさんの小説を出すはずの小説家）だと思っています。この現在進行中の小説家としての仕事は、まだ終わっていません（終わっていたら現在進行中とは言えませんからね）。それでも自分がどのように小説を書くかについて少し話せるくらいの経験は積んでいると思います。わたしは自分のことを、学者としてはプロ、小説家としてはアマチュアだと思っているのですが、今回はリチャード・エルマン講義［エモリー大学で開催される現代文学についての特別講義］の趣旨に沿って、自分の評論ではなく小説に絞ってお話をしたいと思います。

わたしが小説を書きはじめたのは子どものころです。最初に思いつくのは題名で、たいていは差し詰め『パイレーツ・オブ・カリビアン（カリブの海賊）』みたいな当時の冒険小説に着想を得たものでした。いつも、まず挿絵を全篇分描いて、それから最初の章を書きはじめていました。本を真似していつもブロック体の大文字で書いていたので、数ページ書いただけで疲れてしまって、書くのを止めてしまうのでした。ですから、当時のわたしの作品はすべてが、シューベルトの『未完成交響曲』のような、未完の傑作です。

一六歳になると、世の多くの青少年と同じように、もちろん、わたしも詩を書きはじめました。詩を求める心があったから初恋（心に秘めたプラトニックな恋でした）が芽生えたのか、あるいはその逆だったのかは覚えていません。詩と初恋が一緒くたになった結果は悲惨なものでした。けれどかつてわたしが（小説の登場人物に逆説として述べさせるかたちで）書いたとおり、世の中には二種類の詩人がいます。自らの詩を一八歳で火にくべる飛びぬけた才能の詩人と、一生涯詩を書きつづける才能では見劣りする詩人です。[1]

クリエイティブ・ライティングとは何か？

五〇代初めにさしかかったころ、ほかの多くの学者とは違って、わたしは自分の書くものが「クリエイティブ（創造的）」な類いのものではないことに特段苛立ちは感じていませんでした。[2] なぜホメロスがクリエイティブでプラトンがクリエイティブでないと思われているのか、わたしは未だに理解できません。なぜ、劣った詩人がクリエイティブで、優れた学術的文章の書き手がクリエイティブでないと言えるのでしょうか。

フランス語では、この二種類の書き手を区別することができます。「物書き」を示す言葉として、小説家や詩人のようにクリエイティブな文章を生み出す物書きである「écrivain」と、銀行員や事件報告書を作成する警察官など事実を記録する物書きである「écrivant」のふたつの言い方があるのです。しかし、たとえば哲学者は物書きとしてはどのような種になるのでしょうか。「クリエイティブな文章というのは完全に要約あるいは翻訳されえないものであるのに対して、哲学者が自らの仕事として書く文章は、要約・翻訳しても意味を失うことがないものだ」。そんなふうに言うこともできるでしょう。しかし、詩や小説を翻訳するのが難しいとはいえ、世界の九〇パーセントの読者は『戦争と平和』や『ドン・キホーテ』を翻訳で読んでいるわけですし、翻訳されたトルストイは翻訳されたハイデッガーやラカンよりも原書に忠実だと思います。ラカンはセルバンテスよりも「クリエイティブ」なのでしょうか。
クリエイティブな文章かそうでないかという違いを、文章の社会的な役割によって説明することはできません。ガリレオの文章は、当然ながら、哲学的・科学的に大きな価値を持ちます。しかし、イタリアの高校では、ガリレオの文章は、クリエイティブ・ライティングの模範（卓越した文体）として学ばれています。

あなたが図書館員で、クリエイティブな書物をAという部屋、学術的な書物をBという部屋に収納することにしたと仮定してみましょう。アインシュタインのエッセイを、エジソンによる支援者への手紙と同じ部屋に収め、「おおスザンナ」［一八四八年に出版されたスティーブン・フォスターの歌曲］を『ハムレット』と同じ部屋に収めるのでしょうか。

次のように主張する人もいます。「リンネやダーウィンなど「クリエイティブ」でない物書きは、鯨や類人猿などについての真の情報を伝えることを目指している。それに対して、白鯨について書いたメルヴィルや、類人猿ターザンについて書いたバローズは、真実を述べているようなふりをしているだけだ。メルヴィルやバローズは、実際には存在しない鯨や類人猿を作り出しているのであって、実在の鯨や類人猿には何の興味もないのだ」。しかし実在しない鯨の物語を書いているときのメルヴィルに、生や死、人間の高慢や強情についての真実を語るつもりがまったくなかったと、果たして言いきれるでしょうか。

単に事実と反対のことを述べる者を「クリエイティブ」だと定義することには問題があるのです。プトレマイオスは地球の動きについて真実ではないことを述べました。ならば、かれはケプラーよりもクリエイティブだったと主張すべきでしょうか。

ふたつの種類の文章の違いは、むしろ書き手がその文章の解釈に応えるときの対照的な反応にあります。もしわたしが、哲学者や科学者、美術批評家に対して「あなたは、〜だと書いた」と述べたら、その著者は常に「あなたはわたしの文章を誤解した。わたしが述べたのはまったく反対のことだ」と反論することができます。しかし、ある批評家が『失われたときを求めて』についてマルクス主義的解釈を示した場合（たとえば、頽廃的ブルジョワの危機が頂点に達する時代に、記憶の領域へ完全に没頭することで、芸術家は社会から切り離されるなど）、プルーストはこの解釈に不満を持つかもしれませんが、それを拒絶することはできません。

これから続く講義でもお話ししますが、クリエイティブな作家は、自らの作品の分別ある一読者として、無理な解釈に反論することはできるのです。しかし、おおむねの場合は読者を尊重しなければいけません。なぜなら、クリエイティブな作家は、言ってみれば、手紙を瓶に封じて海に投げ入れるように、テクストを世界に投げわたしているからです。

記号論についての本を出版したあと、わたしは、自分の間違いを認めることに時間を費やしましたし、わたしの意図と異なる解釈をした人びとの読み間違いを証明することにも時間を費やしました。反対に、小説を出版したあとでは、原則的に自作についての人びとの解釈には反論しないこと（そしてどれかひとつの解釈には肩入れしないこと）が自分にとって道徳的な義務であると思っています。

どうしてそのような違いが生まれるのかというと、理論的な評論文は、特定の論を証明したり特定の問題について答えをあたえたりすることを目的としているからです（ここに、クリエイティブな文章と学術的な文章の本当の違いを見いだすことができます）。それに対して、詩や小説は、人生をその矛盾も含めて描くことを目的としています。さまざまな矛盾を描き、その矛盾を鮮明で強烈なものにすることを目指しているのです。クリエイティブな書き手は読者に解決を試みてほしいと思っているのであって、決まった解決方法を提案しているのではありません（安っぽい慰めを与えることが目的のキッチュで感傷的な書き手なら別ですが）。出版したての初めての小説について話す機会があったとき、「ときに小説家は哲学者には言えないことを言うことができる」と述べたのは、そういう理由からです。

一九七八年までわたしは、自分が哲学者・記号学者であることに大いに満足していました。一度など（いささかプラトン的な傲慢さでもって）、「詩人や芸術家は大体、「自らの嘘の囚人」で、「模倣をさらに模倣する者」でしかないが、哲学者のわたしはプラトン的な観念の世界に入ることができるのだ」などと書いたことさえあります。

「クリエイティブな能力があるかどうかはともかく、多くの学者は物語りたいという欲求を持っていて、そうできなかったことを悔いている。だから多くの大学教授の机の引き出しは未だ日の目を見ない駄作小説であふれかえっているのだ」。そんなふうに言う人もいるかもしれません。ですがわたしは長年のあいだ、物語への秘めた情熱をふたつの方法で満たしてきました。ひとつは、自分の子供たちにお話を語ることにより口承の物語に頻繁に携わるという方法です（ですから、子供たちが成長して、おとぎ話からロック音楽へと興味が変わったとき、わたしは途方に暮れてしまいました）。そして、もうひとつの方法は、あらゆる批評文を通して物語を作り出すという方法です。

わたしがトマス・アクィナスの美学についての学位論文を提出したときのことをお話ししましょう（ちなみに当時、多くの学者はトマス・アクィナスの長大な著作のなかに美学的論考などないと信じていたので、「トマス・アクィナスの美学」というのは物議をかもすテーマでした）。わたしの学位論文について、論文審査員の一人が、「物語の過ち」のようなものを指摘しました。その審査員はこのように言いました。「分別ある学者なら、さまざまな仮定を立てたり、その仮定を取り消したり、試行錯誤を繰り返しながら、研究を進めていくものだ。しかし、調査のあとには、それらの試行錯誤はすべて消化され、学者は結論だけを示すものだ。しかし、この論文では、自分の研究の話が探偵小説のように語られている」。この指摘は、好意的な態度で述べられました。そしてこの指摘を受けたわたしは、「あらゆる研究結果はこのように物語られるべきだ」と考えるようになりました。すべての学術書は一種の「探偵小説」、「聖杯探しの報告書」のようであるべきなのだと。わたしはその後に書いた学術的著作においても、常にそうしてきたつもりです。

むかしむかし

一九七八年の初め、小さな出版社で働く友人が、小説家ではない方々（哲学者、社会学者、政治家など）に短篇推理小説を書いてほしいと依頼中だと言ってきました。先ほど述べた理由により、「クリエイティブ・ライティングに関心がないし、会話を上手く書ける自信がまったくない」とわたしは答えました。そして、最後に（なぜそんなことを言ったのかは分かりませんが）、「わたしが犯罪小説を書くとしたら、それは五〇〇ページを超えるもので、中世の修道院が舞台となるだろう」と、挑発的なもの言いをしました。すると友人は「金儲けが目当ての駄作には興味がない」と言ったので、話し合いはそこで終わりました。

家に帰るとすぐに、わたしは机の引き出しのなかをかき回し、その前年に書きつけたメモ（修道士の名を書きとめた紙切れ）を見つけ出しました。小説のアイディアは既に心の奥底でひそやかに育っていたのだけれど、そのことに気付いていなかったというわけです。「謎めいた本を読む修道士を毒殺するのがよいだろう」とその時点で思いついたのがすべてでした。そのときからわたしは『薔薇の名前』を書きはじめたのです。

本が出版されたあと、「なぜ小説を書こうと思ったのですか」と、よく人に聞かれました。そのときに挙げた理由は（気まぐれにころころ変わったりもしたのですが）、おそらくすべて真実です（つまり見方を変えればすべて嘘ということになります）。やがてわたしは、小説を書きはじめた真の理由はたったひとつだと考えるにいたりました。「人生のある時点においてそうする必要を感じたから」という理由です。これは、十分かつ理にかなった説明だと思っています。

どのように書くか

「どのように小説を書いたのですか」とインタビュアーに尋ねられると、たいていわたしはこの種の質問がつづかないようにするため、「左から右へ」と答えるようにしています。十分な答えではありませんし、アラブ諸国やイスラエルでは、びっくりされるかもしれません。今日は時間に余裕があるので、この問いに詳しく答えたいと思います。

初めての小説を書いていくなかで、わたしはいくつかのことを学びました。まず、「インスピレーション（ひらめき）」とは、自分の芸術的才能を尊敬させるためにずる賢い作家たちが使う悪い言葉だということです。古い格言が言うように、天才とは一〇パーセントのひらめきと九〇パーセントの汗なのです。フランスの詩人ラマルティーヌは、自身の傑作にあたる詩を書いたときの状況をよく語っていました。ラマルティーヌ自身の説明によれば、その詩はある夜、林のなかをさまよっているときに、完成したかたちで突然頭に浮かんだそうです。ラマルティーヌの死後、その書斎からは、この詩のさまざまなバージョンが大量に発見されました。ラマルティーヌは、何年にもわたって、この詩を繰り返し書き直していたのです。

『薔薇の名前』の書評を最初に書いた批評家たちは、「この小説は素晴らしいひらめきによって書かれているが、難しい概念や言語が用いられているので、少数の恵まれた読者にしか愛されないだろう」と述べました。その後、『薔薇の名前』が何百万部も売れ大成功を収めると、まさに同じ批評家たちが今度は、「このような大衆的・娯楽的ベストセラーは、秘密のレシピに従って機械的に作り出されたに違いない」と書きました。さらにその後、批評家たちは、「小説が成功したのは、コンピュータ・プログラムを使って書かれたからだ」と言いはじめました。実用的な文章作成ソフトを備えたパーソナルコンピュータが初めて登場したのは一九八〇年代初頭になってからで、当時わたしの小説はすでに印刷されていたのですが、批評家たちはそのことを忘れてしまっていたのでしょう。一九七八年から一九七九年の時点で手に入れられるのは、アメリカにいたとしても、タンディ製の小さな安いコンピュータくらいです。そんな代物で、手紙以上の文章を書こうとする人などいません。
「コンピュータ疑惑」に少し腹を立てていたわたしは、その後しばらくしてから、コンピュータ製ベストセラーの真のレシピを作成しました。

まず必要なのは、コンピュータです。これは言うまでもなく、人間の代わりに考えてくれる知的な機械で、確実に多くの人の役に立つものです。必要なのは、たった数行のプログラムだけ。子供でもできるくらい簡単です。まずは、一〇〇冊ほどの小説や学術書、聖書、コーラン、何冊もの電話帳（登場人物の名前を決めるのに役立ちます）などを入力します。だいたい一二〇、〇〇〇ページくらい入力しましょう。その後、別のプログラムを使って、ランダム化（無作為化）します。つまり、すべてのテクストを混ぜ合わせるのです。そして、いくつかの調整も加えます（たとえば、小説だけでなく、ペレック的なリポグラム［特定の文字を使わずに書かれた文章。ジョルジュ・ペレックはeを一度も使わずに小説『煙滅』を書いた］を作るために、すべての「e」を削除してみましょう）。それが終わったら、「印刷」をクリックします。すべての「e」が削除されているので、このとき出てくるのは一二〇、〇〇〇ページより少ない量となります。これらのページを注意深く何度か読んで、重要な箇所に下線を引いてから、焼却炉に持っていきます。あとはただ一本の木炭と上質な画用紙を持って木陰に座り、思いを自由にめぐらせ、二行の文章を書きとめるだけです。たとえば、「月は空高く／林はさわさわ風に揺れる」など。最初に出てくるのは、小説というよりも日本の俳句のようなものかもしれません。しかし、大事なのは書きはじめることです。[3]

時間のかかるひらめきといえば、『薔薇の名前』はたったの二年で書き上げたのですが、それはただ単に、中世について調査する必要がなかったからです。先ほどお話ししたように、わたしの学位論文は中世の美学を主題としていましたし、中世についてはその後も研究を続けていました。そして、長年にわたって、わたしはたくさんのロマネスク様式の修道院やゴシック様式の聖堂などを訪れていました。ですから、『薔薇の名前』を書くことを決意したときは、まるで、中世に関するファイルを何十年にもわたって積み上げた大きなクローゼットを開けるかのようでした。すべての資料はすでに自分の足下にあって、ただそこから必要なものを選ぶだけでよかったのです。その後の小説に関していうと、事情は違いました（特定の題材を選んだのは、それについてある程度は知識があったからだとは言えますが、熟知していたわけではありません）。ですから、その後の小説の執筆には、長い時間がかかりました（『フーコーの振り子』が八年で、『前日島』と『バウドリーノ』がそれぞれ六年です）。『女王ロアーナ、神秘の炎』はたった四年で書き上げましたが、それは、一九三〇年代から四〇年代にかけての子供時代に自分が読んだものを題材とした作品だったからです。自分の家にある漫画や音声記録、雑誌、新聞などの古い資料（つまりは、わたしの思い出やノスタルジー、トリビアなどの全コレクション）を使って書くことができたのです。

世界を造る

小説を生み出すまでのこの長い「妊娠期間」に、わたしはいったい、何をしているのでしょうか。書類を集めたり、複数の場所を訪れたり、地図を描いたり、建物（『前日島』の場合なら船）の見取り図を書きとめたり、登場人物の顔を描いたりしています。『薔薇の名前』のときは、登場する修道士全員の肖像画を作成しました。わたしはこの準備期間の年月を「魔法のお城」（あるいは自閉症のような引きこもり状態と言っても構いません）のなかで過ごします。わたしが何をしているのかは、家族も含めて、誰も知りません。一見、さまざまなことをしているかのようですが、実際は、物語のアイディアやイメージや言葉をとらえることに集中しています。たとえば、中世のことについて書いている期間に、道を通り過ぎる車を見かけ、その色が印象に残ったとしましょう。するとわたしは、その経験をノートに（あるいは単に頭のなかに）記録します。そしてその色は後に、たとえば細密画を描写するときに重要な役割を果たすのです。

『フーコーの振り子』の構想を立てていたときには、物語の主要な出来事が起こるフランス国立工芸院の廊下を、毎晩のように閉館直前まで歩き続けました。国立工芸院からヴォージュ広場、そしてエッフェル塔まで、カゾボン［『フーコーの振り子』の主人公・語り手］が夜中にパリの街を歩き回る場面を描写するために、私は午前二時から三時の時間帯に、何度も街を歩き回りました。通りの名前や交差点を間違えて書くことがないように、ポケットテープレコーダーに見たものすべてを吹き込みながら、歩き回りました。

『前日島』を書く準備をしていたときは、一日のうちのさまざまな時間帯における水や空の色、魚や珊瑚の色合いを見るために、もちろん、小説の舞台である南太平洋にある特定の場所へ行きました。しかし、それだけではありません。船室や物置部屋がどのくらいの大きさだったのか、人がどのようにひとつの部屋からもうひとつの部屋へと移動できたのか、といったことを理解するため、当時の船のモデルやデッサンから学ぶことにも二、三年を費やしました。

『薔薇の名前』の出版後、最初に映画化を提案した監督は、マルコ・フェッレーリでした。「この本は、まさに映画の脚本のために書かれたように思えます。台詞がちょうどよい長さなのです」と、監督はわたしに言いました。最初はそれがなぜなのか分かりませんでした。後に思い出したのですが、わたしは本を書きはじめる前に、何百もの迷路や大修道院の設計図を描いていたので、二人の登場人物がひとつの場所からもうひとつの場所へと会話しながら移動する際に、どれくらいの時間がかかるのか知っていたのです。つまり、わたしの虚構の世界の見取り図が、小説のなかの会話の長さを決めていたわけです。

こうしてわたしは、小説とは言葉だけに関わるものではないということを学びました。詩の場合にもっとも重要なのは、言葉の音であり、言葉の意味の複数性なので、翻訳は困難です。詩においては、言葉の選択によって、内容が決められます。小説の場合、事情は反対です。作家がつくり上げた「世界」、そしてそこで起こる出来事によって、作品のリズムや文体が決められ、言葉が選ばれるのです。小説は、ラテン語の格言のとおりで、「Rem tene, verba sequentur（主題に集中すれば言葉はあとからついてくる）」と言えます。一方、詩の場合は、この格言を少し変えて、「言葉に集中すれば主題はあとからついてくる」と言うべきでしょう。

小説とは、何よりもまず、ひとつの「世界」に関するものなのです。何かを物語るために、作者はまず、世界を生み出す創造神のようなものになる必要があります。そして、その世界は、作者が完全な自信を持ってそのなかを動き回れるような、可能なかぎり精密な世界でなくてはなりません。

わたしはこのルールに厳密に従います。『フーコーの振り子』に出てくる建物の話を例として挙げましょう。マヌーツィオ社とガラモン社というふたつの出版社は、ふたつの隣り合う建物のなかにあって、そのふたつの建物は通路で接続されているという設定です。そのためわたしは、かなりの時間をかけて、設計図をいくつか描きました。そして、ふたつの建物をつなぐ通路がどのようなものか、ふたつの建物の高さの違いを補うための階段があるべきかどうか、といったことを一生懸命考えました。小説のなかではその階段については短く触れているだけなので、読者は特に注意を払うこともなくその部分を読み流すことだろうと思います。しかし、わたしにとっては、その階段は非常に重要なものでした。その階段を設計していなければ、物語を語りつづけることができなくなってしまうくらい、重要なものだったのです。

ルキーノ・ヴィスコンティも映画で似たようなことをしたと言われています。二人の登場人物が宝石箱について話す映画の一場面で、箱が実際に開けられることはないにもかかわらず、本物の宝石を入れておく必要があると、ヴィスコンティは主張しました。そうしなければ、俳優の演技が説得力の乏しいものとなってしまうと考えたからです。

『フーコーの振り子』では、出版社のオフィスの正確な構造が読者には分からないようになっています。小説の世界の構造（出来事の舞台や物語の登場人物）は、書き手にとっては重要なものです。しかし、多くの場合、読者に対しては曖昧なままにすべきものなのです。『薔薇の名前』では、修道院の図が本の初めに載っています。これは事件現場の図（たとえば牧師館や荘園など）を載せた昔風の探偵小説を遊び心で真似したものです。修道院が本当に存在したと証明する「証拠」として図を載せることで、皮肉で滑稽なリアリズムを見せているのです。ただし、それだけではありません。登場人物が修道院のなかを移動する様子を読者に鮮明に視覚化してもらいたいという理由もあって、わたしは修道院の図を載せました。

『前日島』の出版後、ドイツの出版社が、「船の構造図を小説に付けるとよいのではないか」と尋ねてきました。わたしはそのような図を持っていましたし、それは『薔薇の名前』の修道院の図と同じくらいの長い時間を費やして描いた図でした。しかし、『前日島』の場合、わたしは読者に船の構造がよく分からないままにしたいと思っていました。大酒を飲んだ後に船のなかを歩き回っては船の迷路で迷子になってしまう主人公と同じように、読者にも混乱した状態でいてほしかったのです。ですから、先ほどお話ししたようなミリ単位まで計算された空間について、自分の考えは明確に保ちつつも、読者を混乱させる必要がありました。

決め手となる最初のアイディア

もうひとつ、よく聞かれる質問があります。「書きはじめるときに頭のなかにある大まかなアイディア、あるいは詳細な計画は、どのようなものですか」という質問です。これは、三冊目の小説を書いた後で、初めてよく分かったことなのですが、わたしの小説はそれぞれが、種《たね》のようなひとつのアイディアから育っています。そのアイディアとは、ひとつのイメージのようなものです。『「薔薇の名前」覚書』のなかでわたしは、小説を書きはじめたのは「修道士を毒殺したかった」からだ、と述べました。実際のところ、わたしには修道士を毒殺する願望などありませんでした。修道士だろうと、世俗の人間だろうと、誰かを毒殺したいなどと思ったことはありません。ただ単に、「読書中に毒殺される修道士」のイメージが頭に浮かんだのです。一六歳のときの、ある経験を思い出したのかもしれません。それは、ベネディクト会修道院（スビアーコ市の聖スコラスティカ修道院）を訪れたときのことでした。中世の回廊を通って、薄暗い図書館へ入ると、聖書台の上に『聖人伝（Acta Sanctorum）』が開かれているのが、目に入りました。深い静寂のなか、ステンドグラスから差し込む光の下で、その分厚い書物をめくっているとき、わたしは興奮のようなものを感じました。四〇年以上も経ってから、そのときの興奮が無意識の外に現れ出たというわけです。

これが決め手となる最初のイメージでした。あとは少しずつ、イメージに意味を与えようという努力のなかで出来上がっていきました。中世についての約二五年分の情報カードを引っかき回して読んでいるうちに、そのほかの部分は自然に出来上がってきたのです（それらの情報カードは、もともとはまったく異なる目的で作成したものでした）。

『フーコーの振り子』の場合、事情はより複雑でした。『薔薇の名前』を書いたあとのわたしは、「自分について語れることは、この最初の（そして「最後の」かもしれない）小説のなかに、（直接的にも間接的にも）すべて書き切ってしまった」と感じていました。本当にわたし自身のものと言える事柄で、何かほかに書けることはあるだろうか。そうわたしは考えました。ふたつのイメージが頭に浮かびました。

ひとつめのイメージは、レオン・フーコーの振り子です。わたしは、この振り子を三〇年前にパリで見て、非常に強い感銘を受けました（この振り子を見たときの興奮も、あの図書館での興奮と同じように、わたしの心の奥底に長いあいだ、埋もれていたのです）。もうひとつのイメージは、自分自身の姿です。イタリア・レジスタンス参加者の葬儀の場で、トランペットを吹いている自分の姿が、脳裏に浮かびました。これはわたしが本当に経験した実話で、わたしはこの話を何度も語っていました。なぜかというと、ひとつには、美しい話だと思うからです。それから、もっとあとでジョイスの作品を読んでいて気がついたのですが、わたしがそのときに経験したのは、ジョイスが（『スティーヴン・ヒーロー』のなかで）エピファニーとよぶものでした。だから、わたしはこの話を何度も語っていたのです。

こうしてわたしは、「振り子」のイメージではじまり、「晴れた朝の墓地の幼いトランペット奏者」のイメージで終わる物語を書くことにしました。しかし、振り子からトランペットまで、どのようにたどりつけばよいのでしょう。この問いに答えるのに八年かかりました。その答えが『フーコーの振り子』という小説だったのです。

『前日島』の場合は、フランス人のジャーナリストによるひとつの質問からはじまりました。「なぜ空間をこれほど丁寧に描くのですか」という質問です。わたしはそれまで自分の空間描写に大して注意を向けたことはありませんでした。しかし、その質問について考えたとき、先ほどもお話ししたあることに気がつきました。それは、「ひとつの世界を細かなところまで丁寧に構想しておけば、その世界の空間を丁寧に描くことができる」ということです。その空間が目の前にはっきりと見えるからです。古典文学のジャンルで、「エクフラシス」とよばれるものがあります。あるイメージ（絵画や影像）を丁寧に描写することによって、一度もそれを目にしたことがない人でも、目の前に見えるかのごとくに感じさせるものです。ジョセフ・アディソンが「想像力の喜び（The Pleasures of the Imagination）」（一七一二年）で書いたように、「言葉というものは、上手く選ばれると、非常に大きな力を持つ。そして、実物を目にするよりも生き生きとした認識を与えてくれる」のです。一五〇六年にラオコーン像がローマで発見されたとき、それがギリシアの有名な彫像であることを人びとが理解できたのは、大プリニウスの『博物誌』のなかで、その彫像が言葉で描写されていたからだと言われています。

ならば、空間が重要な役割を果たす物語を書いてみよう。そうわたしは考えました。最初のふたつの小説では、修道院や博物館など、閉じられた文化的空間について語りすぎた。今度は、開かれた自然の空間について、書くのがよいだろう。どうすれば広大な自然の空間だけを舞台に小説を書くことができるだろうか。無人島に主人公を置けばよい。そう考えました。

さらに、当時のわたしは、世界時計にも強い関心を持っていました。地球上のさまざまな場所の現地時間や、経度一八〇度の国際日付変更線を表示する世界時計です。そのような日付変更線が存在すること自体は、みな知っています。ジュール・ヴェルヌの『八〇日間世界一周』を読んでいるからです。しかし、日付変更線について普段よく考えるという人はあまりいません。

わたしの主人公には、その線の西側にいてもらう必要がありました。そして、そこから東側のほうにある島（時間が一日前の島）を見てもらう必要がありました。主人公をその島自体に漂着させるのではなく、その島が見える場所で孤立させなければなりません。主人公は泳げないという設定にする必要がありました。空間的にも時間的にも離れたその島を見つめつづけざるをえないようにするためです。

そのような宿命的な場所がアリューシャン列島にあることを、わたしの時計は示していました。しかし、主人公をどのようにその場所に孤立させればよいかは、分かりませんでした。主人公を石油プラットフォームに難破させられるだろうか。そうわたしは考えました。先ほどもお話ししたように、ある特定の場所について書く場合は、その場所に実際に行く必要があります。アリューシャン列島のような寒いところに行くのは、まったくもって気が進みませんでした。

しかし、この問題についてさらに考えながら地図帳をめくっていたところ、日付変更線はフィジー諸島も通っていることを発見しました。南太平洋の島々はロバート・ルイス・スティーブンソンと豊かな関係を持っています。これらの島の多くは、一七世紀になってヨーロッパに知られるようになりました。当時のヨーロッパで栄えたバロックの文化について、わたしはよく知っていました。それは三銃士やリシュリュー枢機卿の時代です。わたしは小説に取りかかればよいだけで、あとは小説が自分の足で歩いていってくれました。

作家がひとたび特定の物語世界を構想すれば、言葉はあとからついてきてくれます。そして、そのとき出てくる言葉は、その特定の世界が必要としている言葉です。だからこそ、『薔薇の名前』を書くときに、わたしは中世の年代記家の文体を用いることになりました。正確で、素朴で、ときには単調な文体です（一四世紀の普通の慎ましい修道士はジョイスのように書いたり、プルーストのように物事を思い出したりはしません）。さらに言うと、「一九世紀に翻訳された中世の書物をわたしが翻訳している」という設定の小説でしたので、中世の年代記家のラテン語の文体は、あくまでも間接的なモデルでした。より直接的なモデルは、それらの中世の年代記を訳した近代の翻訳家たちの文体だったのです。

『フーコーの振り子』で重要な役割を果たしたのは、言語の複数性でした。アッリエの教養ある古風な言語や、アルデンティの似非ダヌンツィオ風でファシスト的なレトリック。ベルボの秘密のファイルにおける、皮肉な意味で文学的な、冷めた言語（そこでの文学作品のめまぐるしい引用の仕方はじつにポストモダン的です）。ガラモンのキッチュな文体。そして、勝手な想像をふくらませる三人の編集者による、博学な引用と幼稚なダジャレが混ざった卑猥な会話。こうした「言語間のジャンプ移動」は、単なる文体の好みによって生まれたのではありません。出来事が起こる世界の性質や、登場人物の心理にしたがって生まれたのです。

『前日島』においては、舞台となる時代の文化的背景が決定的な要因でした。それは、文体だけでなく、小説の構造そのものにも影響をあたえました。この小説は、語り手が物語の登場人物と議論しているような構造になっています。そして、読者はその議論のなかで目撃者・共犯者として何度も訴えかけられます。このようなメタ物語の構造をなぜ選んだのかというと、物語の登場人物にはバロック的な言語で話させる必要があったけれども、わたし自身はバロック的な言語で話すことができなかったからです。それゆえ、さまざまな気分や機能を持つ語り手を作る必要がありました。この語り手は、ときには登場人物の言語の過剰さに苛立ち、ときにはかれらの犠牲者となります。そして、ときには読者に謝ることによって、過剰さを和らげます。

ここまでわたしはふたつの原則についてお話ししました。（1）決め手となる最初のアイディアやイメージが執筆の出発点であるということと、（2）物語世界を構築することによって小説の文体が決まる、ということです。わたしの四番目の小説『バウドリーノ』は、このふたつの原則に反しています。まず、決め手となるアイディアについて言えば、少なくとも二年間にわたり、わたしにはたくさんのアイディアがありました（決め手となるアイディアがたくさんあるということは、どれも決め手ではないという印です）。ある時点で、わたしは主人公をアレッサンドリア生まれの少年にすることを決めました。アレッサンドリアは、わたしの故郷で、一二世紀に建てられ、赤髭王フリードリヒに攻囲された歴史を持つ街です。さらに、わたしはバウドリーノを、伝説のガリアウドの息子という設定にしたいと思いました。伝説のガリアウドとは、赤髭王フリードリヒがアレッサンドリアの街に攻め入ろうとした間際に、腹黒い策略・嘘・詐欺によってその計画を挫いた人物です（どんな嘘だったのか知りたい方は、ぜひ小説を読んで下さい）。

『バウドリーノ』は、わたしの愛する中世、わたしの個人的なルーツ、そしてわたしの虚構への心酔へと戻る良い機会でした。しかし、それだけでは十分ではありませんでした。どのように書きはじめるべきか、どのような文体を用いるべきか、主人公はどのような人物なのかといったことが、まだ決まっていなかったのです。

わたしの故郷の地域では、当時もはやラテン語は話されていなかったという事実について、まずわたしは考えました。当時の人びとが話していたのは、さまざまな新しい方言です。それらの方言は、現代のイタリア語に似たものでした（当時、イタリア語はまだ生まれたばかりの言語でした）。しかし、当時イタリア北西部で話されていた方言に関する記録はわたしたちのもとに残っていません。ですので、当時の民衆の言語をわたしが勝手に作ってみても構わないだろうと考えました。いわば、一二世紀のポー平原地方の仮説上のピジン言語です。このわたしの試みは、なかなか上手くいったのではないかと思っています。イタリア語の歴史を教えている友人が、「バウドリーノの言語が正しいとか間違っているとか証明することは誰もできないが、可能性として見当はずれではない」と言ってくれました。

この言語は、後に『バウドリーノ』を訳した勇敢な翻訳家たちに大きな困難をもたらしてしまったのですが、主人公バウドリーノの性格を決めるのに役に立ちました。さらに、こうした言語を選んだことによって、この四作目の小説を『薔薇の名前』とは対照的なピカレスク小説にすることも決まりました。『薔薇の名前』が高尚な言語で話す知識人の物語であるのに対して、『バウドリーノ』に出てくるのは農民や戦士、無遠慮な遍歴学生（ゴリアール）などです。このように、『バウドリーノ』では、選んだ文体によって、どのような物語にするかが決まったわけです。

しかし、『バウドリーノ』の場合も、最初の鮮明なイメージが重要な役割を果たしていることを認めざるをえません。わたしは一度も見たことのないコンスタンティノープルの街に長いあいだ惹かれていました。そこで、街を訪れる理由を作るため、コンスタンティノープルとビザンチン文明についての話を書く必要がありました。コンスタンティノープルに行ったわたしは、街の地表や地下を散策しました。そして、物語を書くための出発点となるイメージを見つけました。それは、一二〇四年、十字軍によって火を放たれた街のイメージです。

炎に包まれるコンスタンティノープル、嘘つきの若者、ドイツの皇帝、アジアの怪物。これらを混ぜ合わせると、小説『バウドリーノ』ができるのです。説得力のあるレシピではないことは認めますが、わたしの場合は上手くいきました。

それから、ビザンチン文化について幅広くさまざまな書物を読んでいるとき、わたしはニケタス・コニアテスという当時のギリシアの歴史家のことを知りました。そして、わたしはすべての話を「（嘘つきの）バウドリーノによるニケタスへの報告」として語ることに決めました。さらに、そこからメタ物語の構造も生まれました。この物語のなかでは、ニケタスだけでなく、語り手や読者すらも、バウドリーノの語る話が本当のことなのかどうか、けっして確信を持てません。

「決め手となるイメージを見つけられれば物語は勝手に前へ進んでいってくれる」。先ほどわたしはそう述べました。これは、ある程度までは、本当のことです。しかし、物語を前に進ませるためには、書き手がいくつかの制約を立てることも必要です。

制約とは、あらゆる芸術活動において重要なものです。たとえば、画家がテンペラ絵具ではなく油絵具を使うことに決めたり、壁ではなくキャンバスを使うことに決めたりすること。あるいは作曲家が、特定の調を選ぶこと。あるいは詩人が、一二音綴ではなく、押韻二行連句や一一音節詩を用いること。これらはすべて、制約のシステムを決定する行為です。一見、制約を避けているかのように見えるアヴァンギャルドの芸術家たちも、実際は異なる制約を立てているのであって、それが気付かれないだけなのです。

『薔薇の名前』でわたしが行ったように、物語展開の大枠として、『黙示録』の「七つのラッパ」の話を使うのも、ひとつの制約です。そして、物語の時代設定を決めるのも、ひとつの制約です。特定の時代に起こりうる出来事もあれば、起こるはずのない出来事もあるからです。『フーコーの振り子』では、登場人物のオカルト趣味に合わせて、小説を一二〇章で構成し、カバラの「セフィロトの樹」のように、物語を一〇部に分けようと決めました。これもまた、ひとつの制約です。

『フーコーの振り子』のもうひとつの制約は、一九六八年の学生運動の時代を生きた人びとの物語にするということでした。しかし、ベルボは、その後、コンピュータで文章を書くという設定です（この設定には、偶然や組み合わせの性質を物語にあたえるという役割があります）。ですので、最後の出来事は、一九八〇年代初頭かそれ以降に起こることにする必要がありました。なぜなら、ワープロ機能のついたパソコンが初めてイタリアで売り出されたのは一九八二から一九八三年にかけての時期だからです。しかし、一九六八年から一九八三年まで物語の時間を経過させるには、主人公カゾボンをどこか別の場所に送る必要がありました。どこに送ればよいだろうか。以前にブラジルでいくつかの魔術的儀式を見たことをわたしは思い出しました。それで、カゾボンをブラジルに一〇年以上も滞在させることにしたのです。多くの読者は、このブラジルの部分を長過ぎる脱線だと考えました。しかし、わたしにとっては（そして何人かの好意的な読者にとっても）、それは非常に重要な部分でした。なぜなら、ブラジルで起こる出来事は、その後で登場人物に起こる出来事の予兆のようなものになっているからです。

もしもＩＢＭやアップルが優れたワープロを六、七年早く売り出していたとしたら、わたしの小説は違うものになっていたでしょう。その場合、ブラジルの部分はなくなるわけで、それはわたしが思うに大きな損失です。

『前日島』は、さまざまな時間に関する制約に基づいています。たとえば、リシュリューが死んだ日（一六四二年一二月四日）に、主人公ロベルトがパリにいるようにしたいとわたしは考えました。リシュリューの死にロベルトを立ち会わせることは必要だったのでしょうか。まったく必要ではありませんでした。死の床にあるリシュリューの苦悶をロベルトが見なかったとしても、物語は同じように展開したでしょう。しかも、その制約を入れることにしたとき、その制約が物語のなかでどのように機能するかについては、まったく何も考えていませんでした。わたしはただ、死の際にいるリシュリューを描きたかっただけなのです。それは単なるわたしのサディズムでした。

しかし、その制約を設けたことによって、わたしは難問を解決しなければならなくなりました。ロベルトが島に到着するのは、リシュリューの死の翌年の八月に設定する必要がありました。わたしが島を訪れたのが八月だったからです。島の夜空に日が昇る光景をわたしがきちんと描けるのはその時期だけでした。ヨーロッパからメラネシアまで、帆船が六、七ヶ月で行くことは不可能ではありません。しかし、このとき、わたしは非常に大きな問題に直面しました。ロベルトが滞在した船の残骸のなかから、誰かがロベルトの日記を八月以降に見つけなければならないという問題です。オランダ人探検家のアベル・タスマンがフィジー諸島に到着したのは、おそらく六月以前です（つまり、ロベルトが島に到着する以前です）。そのため、わたしは最後の章にいくつかのほのめかしを付け加えることにしました。ひとつは、タスマンは二度フィジー諸島を航海したのだけれど、二度目については航海日誌に記録しなかったのかもしれないというほのめかしです（著者も読者も、沈黙や陰謀や両義性を想像させられる説です）。もうひとつは、ブライ艦長がバウンティー号の反乱から逃げる際にこの島に船を停めたのかもしれないというほのめかしです（より魅力的な説です。テクスト内のふたつの世界を見事に皮肉なかたちで合流させてくれる説でもあります）。

わたしの小説はほかにもたくさんの制約の上に成り立っているのですが、すべてを明かすわけにはいきません。成功する小説を書くためには、いくつかのレシピを秘密にしておく必要があるからです。

『バウドリーノ』については、先ほどお話ししたように、一二〇四年の炎に包まれたコンスタンティノープルのイメージで物語をはじめたいと思っていました。バウドリーノに司祭ヨハネ（プレスター・ジョン）の手紙を偽造させ、アレッサンドリアの街の創設に参加させたいとも考えていたので、バウドリーノが生まれるのは一一四二年あたりに設定する必要がありました。一二〇四年の時点ではすでに六二歳になっている設定です。ですので、物語を最後の場面からはじめる必要がありました。つまり、バウドリーノがさまざまなフラッシュバックを通して数々の過去の冒険について語るという構造です。これに関してはまったく問題ありませんでした。

しかし、バウドリーノは、司祭ヨハネの王国から戻ってくる途中で、コンスタンティノープルに滞在しているという設定でした。司祭ヨハネの偽の手紙は、歴史的には一一六〇年頃に偽造され広まったと考えられています。小説では、赤髭王（フリードリヒ一世）を司祭ヨハネの王国へ進軍するよう説得するために、バウドリーノがその手紙を書くことになっています。ですので、バウドリーノが司祭ヨハネの王国まで旅し、そこに滞在し、幾千もの冒険から逃れるのに一五年もの長い年月を費やしたということにしても、その旅を一一八九年以前にはじめることはできませんでした（それに、赤髭王が東方へと出発したのは一一八九年だったと、歴史的に証明されています）。ならば、一一六〇年から一一八九年までの長いあいだ、バウドリーノにいったい何をさせればよいだろうか。手紙を広めたあとにすぐに王国への旅をはじめられない理由は、どのようなものにしようか。それは、『フーコーの振り子』におけるコンピュータの件と似たような問題でした。

そういうわけで、わたしはバウドリーノを常に忙しい状態に保ち、繰り返し出発を遅らせなければなりませんでした。なんとか世紀末まで遅らせるように、さまざまなアクシデントを考え出さねばならなかったのです。しかし、そのように遅らせたからこそ、「願望の疼き」を（バウドリーノだけでなく、読者のなかにも）生み出すことができたとも言えます。バウドリーノは王国に強く憧れていますが、出発を延期しつづけなければなりません。それゆえ司祭ヨハネの王国は、バウドリーノの願望の対象として（そしてきっと読者の願望の対象としても）、大きく膨れ上がっていくのです。この場合もまた、制約のおかげで良い結果が得られたのです。

二重のコード化

「自分のためだけに物を書く」などと宣《のたま》う不良作家の一団にわたしは与しません。作家が自分のために書くのは買い物リストだけです（買い物リストとは、何を買うべきか思い出すのには役に立つけれど、買い物が終わったら捨ててよいようなものです）。ほかはすべて、長いリストを含め、他人へ向けたメッセージです。独白ではなく対話なのです。

わたしの小説にはポストモダンの典型的な特徴があると何人かの批評家が指摘しています。その特徴とは、「二重のコード」と呼ばれるものです。[4]

わたしは最初からそのことを自覚していて、『「薔薇の名前」覚書』のなかでもそのことについて書きました。そこで述べたように、ポストモダンが何であれ、わたしは小説のなかでふたつの典型的なポストモダンのテクニックを用いました。ひとつめのテクニックは、「間テクスト的なアイロニー」です。具体的には、ほかの有名なテクストからの直接的引用や、ほかの有名なテクストへのほとんど明白な言及です。もうひとつのテクニックは「メタ物語」です。具体的には、テクストの性質についてテクスト自身が語ることです。それは作者が読者に直接的に語りかける際に生まれます。

「二重のコード化」とは、「間テクスト的アイロニー」と「暗に含まれるメタ物語の魅力」を同時に用いることです。この言葉は、建築家のチャールズ・ジェンクスが作り出した言葉です。ジェンクスは、ポストモダン建築について以下のように述べました。「（ポストモダン建築は）少なくとも同時にふたつのレベルで語りかける。まず一方では、ほかの建築家や少数の人びと（建築そのものの意味に関心を持つ人びと）に対して語りかける。そしてもう一方では、大多数の人びとや地域住民（快適さや伝統的建築、ライフスタイルなどのほかの事柄に関心を持つ人びと）に語りかける」[5]。ジェンクスはさらにこうも述べています。「ポストモダンの建築物や芸術作品は、「高尚」なコードを用いて少数のエリートに語りかけると同時に、大衆的なコードを用いて大勢の人々にも語りかける」[6]。

わたし自身の小説における「二重のコード化」の例についてお話ししましょう。『薔薇の名前』は、作者がどのように古い中世の文書に出会ったかを語るところからはじまります。これは露骨な「間テクスト的アイロニー」にあたります。「発見された手記」というトポス（文学によく用いられる常套テーマ）には、長く尊い歴史があるからです。さらに、『薔薇の名前』では、一九世紀の翻訳を通してその手記を読むことができたのだと書かれています。ですので、この手記は、二重のアイロニーであり、メタ物語を示唆するものでもあります（ちなみに付け加えておくと、『薔薇の名前』にネオ・ゴシックの要素があるのは、十九世紀に翻訳された手記が元になっている設定だからです）。このカラクリ箱の遊び（典拠をたどる遊び）は、物語を不確実で多義的なものにする役割を担っています。素朴な読者や大衆的な読者は、このカラクリ箱の遊びに気づかなければ、そのあとに続く語りの部分を面白いと思うことができません。

ですが、この中世の手記について語る箇所の見出しを思い出してください。「手記だ、当然のことながら」という見出しです。洗練された読者なら、この「当然ながら」という言葉に反応することでしょう。この言葉によって、手記が文学のトポスであることや、作者が「影響の不安」を明かしていることに気がつくからです。この箇所で思い浮かぶのは、（少なくともイタリアの読者にとっては）アレッサンドロ・マンゾーニです。一九世紀イタリアの偉大な小説家マンゾーニは、小説『いいなづけ』の冒頭で、一七世紀の手記が物語の典拠であると主張しているからです。この「当然のことながら」という言葉の皮肉な響きをとらえることができる読者は、いったい何人いるのでしょうか。けっして多くはないはずです。「あの手記は実在するのですか」と大勢の読者がわたしに手紙で質問してきたくらいですから。こうしたほのめかしを理解できなかったとしても、物語のつづきを楽しみ、その小説を十分に味わうことは可能なのでしょうか。わたしは可能だと思います。ほのめかしに気がつかなかった読者は、ただ物語に追加された目配せを見逃しただけなのです。

たしかに、「二重のコード化」のテクニックを用いることによって、作者は洗練された読者とのあいだに共犯関係めいたものを築くことになります。実際、一般読者のなかには、こうした「教養あるほのめかし」をとらえることができず、何かがすり抜けていくように感じてしまう人もいるかもしれません。ですが文学とは、わたしが思うに、ただ単に人を楽しませたり慰めたりするだけのためのものではないのです。もっとよくテクストを理解したいと読者に思わせ、二度あるいは何度でもテクストを読ませるように、読者を挑発したり誘ったりすること。それも文学の目指すところなのです。ですから、「二重のコード化」とは、知的エリートの悪癖なのではありません。それは、読者の知性や意欲を尊重していることを示す方法なのです。

2　作者、テクスト、解釈者

時々、わたしの小説の翻訳者から次のような質問をされることがあります。「この部分の文章が曖昧でどう翻訳すればよいか迷っています。この文章はふたつの異なる意味に解釈することができますが、どのような意図で書かれたのでしょうか」。

その時々により、以下の三つの答え方がありえます。

1. たしかにそうだ。表現の選択が不適当だった。余計な誤解を招かない表現に変えてほしい。

イタリア語でも次の版から改訂するから。

2．あえて曖昧（多義的）な表現を選んだのだ。注意深く読めば、この多義性がテクストの理解と関係していることが分かるはず。翻訳でもこの多義性が保たれるよう努めてほしい。

3．この表現が多義的とは気づかなかったし、正直言えばそんな意図は皆目なかった。けれど一読者としては、この多義性はとても興味深く、かつテクストの展開において有益だと思う。翻訳でも同じ効果が保たれるように努めてほしい。

さて、仮に、わたしが何年も前に死んでしまっていたとしましょう（これは事実と異なる仮定ですが、今世紀が終わる前に事実となる可能性が大いにあります）。その場合、わたしの小説の翻訳者は、普通の一読者・解釈者としてテクストに向かい合い、自力で以下のいずれかの結論を出していたことでしょう。その結論は、先ほど挙げた三つの答え方と同じです。

1．この多義性には何の意味もなく、読者のテクスト理解を困難にする。作者はおそらくこのことに気がついていなかったのだろうから、この多義的な解釈の可能性を取り除いたほうがよいだろう。「立派なホメロスでさえ、時には居眠りする（Quandoque bonus dormitat Homerus）」のだ。

2．作者が意図的に多義的な表現を選んだ可能性が高いので、その選択を尊重するべきだろう。

3．作者はこの多義性を自覚していなかったかもしれない。しかしテクストの観点から見れば、この多義性（曖昧さ）は、テクストの総体的な戦略にとって、有益な暗示やほのめかしを豊富に含んでいる。

この話を通して何が言いたいのかというと、「クリエイティブな作家」（この厄介な言葉の意味については以前に説明しました）とよばれる人々は、自分の作品についての解釈をけっしてあたえてはいけないということです。テクストとは、読者に仕事の一部を任せたがる怠惰な機械なのです。言い換えれば、テクストとは、多様な解釈を引き出すための装置なのです（このことについては、『読者の役割（The Role of the Reader）』のなかでも書きました）。読者がテクストについて疑問を抱いても、それを作者に尋ねるのは無意味なのです。ただし、読者が各々の思いつきに任せてどんな解釈をしてもよいというわけではありません。テクストが、ある特定の読み方を、妥当だと認めているだけでなく、奨励もしていること。そのことを読者は確認しなければいけないのです。

『解釈の限界（The Limits of Interpretation）』のなかでわたしは、「作者の意図」、「読者の意図」、「テクストの意図」の三つを区別しました。

　一九六二年には『開かれた作品（Opera aperta）』[7]を書きました。わたしはその本のなかで、芸術的価値を備えたテクストの読解における解釈者の能動的な役割を強調しました。その部分を読んだ人の多くは、この本で論じられているさまざまな事柄の「開かれた」とよばれる側面だけに注目してしまいました。この本でわたしが論じた「開かれた自由な読解」というのは、（「作品を解釈しようとする行為」であると同時に）「作品によって引き出される行為」だったのですが、多くの読者はその点に十分な注意を向けませんでした。言い換えれば、わたしがそこで考察していたのは、「テクストの権利」と「解釈者の権利」との関係性なのです。わたしの印象では、ここ数十年にわたって、「解釈者の権利」ばかりが強調されすぎている気がします。

　C・S・パースが初めて論じた「無限の記号過程」の概念について、わたしはさまざまな本で詳しく論じました。ですが、「無限の記号過程」という概念は、「解釈には何の基準も存在しない」などという主張とはまったくつながりません。まず、無限の解釈というものは、プロセスではなくシステムと関係しているのです。

　もう少し分かりやすく説明しましょう。言語システムとは、自らのなかから自らの働きによって、言語の連鎖を無限に生み出すことのできる装置です。ある言葉の意味を辞書で調べると、その定義や類義語（つまりは別の言葉）に出会います。そして次にその別の言葉の意味を辞書で調べてみると、ある定義からさらにまた別の言葉へと移ることになります。こんなふうに、言葉の連鎖は永遠につづきうるのです。ジョイスが『フィネガンズ・ウェイク』について述べた言葉を借りて言うなら、辞書とは「理想的な不眠に苦しむ理想的な読者のために書かれた本」なのです。よい辞書は循環的でなければいけません。「猫」という言葉の意味を別の言葉を使って説明しなければいけないのです。さもなければ、辞書を閉じて、一匹の猫を指差して、「あれが猫だよ」と言えばよいということになります。これは、とても簡単な方法ですし、わたしたちは子ども時代に、よくこのような方法で物事を説明されます。ですが、たとえば、「恐竜」「しかし」「ジュリアス・シーザー」「自由」などの言葉の場合は、このような方法によって言葉の意味を知るわけではありません。

一方、テクストは、このように無限に開かれているわけではありません。テクストは、システムのさまざまな可能性を制御することによって生まれるものだからです。ある人がテクストを作成するとき、その人はさまざまな言葉の選択可能性の幅を狭めていることになります。たとえば、「ジョンは〜を食べている」と書いた場合を考えてみましょう。その「〜」の部分に入るのはおそらく名詞でしょう。そして、その名詞は、おそらく「階段」などではないでしょう（ただし、文脈によって、「剣」という名詞が入る可能性はあるかもしれません）。テクストは、無限の連鎖を生み出す可能性を狭めていくことによって、特定の解釈を試みる可能性も狭めていきます。英語だと、「I（わたし）」という代名詞は、「〃I（わたし）〃という言葉が現れる文章を発する誰かしら」を意味します。つまり、辞書に示されている可能性によれば、「I（わたし）」は、リンカーン大統領でもオサマ・ビン・ラディンでもありえますし、グルーチョ・マルクスでもニコール・キッドマンでもありえます。現在・過去・未来の世界に生きるその他何十億もの人びとの誰でもありえます。ですが、わたしが署名した手紙の場合だと、「I（わたし）」は「ウンベルト・エーコ」を意味します。それは、署名とコンテクストに関する有名な論争のなかでジャック・デリダがジョン・サールに対して行った反論とは無関係です。[8]

「テクスト解釈の可能性は無限である」と言っても、それは「解釈の対象、つまりは焦点を当てるべきもの（事実やテクスト）が存在しない」ということにはなりません。「テクスト解釈の可能性は無限である」と言っても、それは「どのような解釈の試みもうまくいく」ということではないのです。このような理由からわたしは『解釈の限界』において、解釈の反証可能性の判断基準のようなものを提示しました（これは哲学者カール・ポパーから着想を得たものです）。ある特定の解釈が良いものかどうかを判断することや、同じテクストのふたつの解釈のどちらがより良いかを判断することは困難ですが、ある特定の解釈が露骨に間違っていたり、突拍子もなかったり、こじつけがましかったりする場合は、それを見分けることが常に可能です。

「テクストの唯一の確かな読解は誤読であり、テクストはテクストから引き出される一連の反応のおかげで存在するのである」と主張する批評理論が現在あります。しかし、この一連の反応というのは、テクストの無限の使い方を示すのであって（たとえば聖書を丸木の代わりに暖炉の燃料として使うなど）、テクストの意図についての妥当な推測にもとづくさまざまな解釈を示すのではありません。

テクストの意図についてのある推測が妥当なものであることをどのように証明できるのでしょうか。唯一の方法は、ひとつの一貫したまとまりとしてのテクストにその推測を照らし合わせて検証してみることです。このアイディアは古いもので、アウグスティヌスの『キリスト教の教え（De Doctrina Christiana）』に由来します。テクストのある特定の部分の解釈は、それが同じテクストのほかの部分によって裏付けられる場合のみ妥当と認められる（もしほかの部分によって反証されるようであれば、その解釈は却下されねばならない）という考えです。このような意味では、テクスト内の一貫性こそが、読者の制御不可能な衝動を制御しているのです。

非常に大胆な解釈をテクストが意図的・計画的に奨励している例をひとつ挙げたいと思います。そのテクストとは『フィネガンズ・ウェイク』です。『フィネガンズ・ウェイク』のなかに見いだせる歴史的事実についての示唆をめぐって、一九六〇年代に「A Wake Newslitter」という学術誌で議論がありました（たとえば、「アンシュルス（ドイツによるオーストリア併合）」

への言及や一九三八年九月のミュンヘン協定への言及などについての議論です）[9]。これらの解釈に異議を唱えるためネイサン・ハルパー（Nathan Halper）は、アンシュルス（Anschluss）という言葉には日常的・非政治的な意味（「接続」や「合併」など）もあり、この言葉をめぐる政治的読解はコンテクストに支えられていないということを指摘しました。『フィネガンズ・ウェイク』のなかに何かしらを見つけるのがいかに簡単かを示すために、ハルパーは「ベリア（Beria）」の例を挙げました。まず、「蟻とキリギリス（The Ondt and the Gracehoper）」の箇所の冒頭で、ハルパーは「So vi et!」という表現を見つけ、共産主義的な蟻社会と関係しているのかもしれないと考えました。その次のページで、ハルパーは「berial」（「burial（土葬）」という言葉の変形に一見思われる表現）についての言及を見つけました。これがソビエトの閣僚ラヴレンチー・ベリヤへの言及である可能性はあるのでしょうか。しかし、ベリヤは一九三八年の一二月九日に内務人民委員に任命される以前は西ヨーロッパでは知られていませんでした（それ以前の時期はさほど重要でない役人だったのです）。一九三八年の一二月には、ジョイスの原稿は既に印刷の段階にありました。しかも「berial」という言葉は文芸誌「トランジション」第12号に発表された一九二九年の版の原稿に既にあったのです。この問題は、テクスト外部の証拠によって解決できたように思われました。ただし、「ジョイスは予言者の能力を持ちベリヤの出世を予見していたのだ」と考えようとする読者もいました。まったくもって滑稽な解釈ですが、ジョイスのファンのあいだにはもっとばかげた解釈もあります。

　さらに興味深いのは、内的な（つまりはテクスト内の）証拠です。「A Wake Newslitter」の次の号でルース・ヴォン・フル（Ruth von Phul）は以下のような主張を展開しました。[10]「so viet」という言葉は権威主義的な宗教団体のメンバーによって述べられる「アーメン（so be it）」の変形としても解釈できる。この部分の全体的な文脈は政治ではなく聖書に関するものである。オントは「ベッピーの王国と同じくらいわたしの王国も広がり繁栄する（As broad as Beppy's realm shall flourish my reign shall flourish!）」と述べている。「ベッピー（Beppy）」とはイタリア語では「ヨセフ（Joseph / Giuseppe）」の愛称である。「berial」は穴と牢獄とに二度比喩的に葬られた聖書のヨセフ（ヤコブとラケルの息子）についての間接的な暗示でありうる。ヨセフはエフライムの父となりエフライムはベリアの父となった。ヨセフの兄アシェルにはベリアという名の息子がいたなど。

　ヴォン・フルによって見つけられた暗示の多くはもちろんこじつけに近いものですが、この部分の様々な言及が本質的に聖書に関するものであることは否定できないように思います。したがって、テクスト内部の証拠もジョイスの作品からラヴレンチー・ベリヤを排除しています。この点については、聖アウグスティヌスも同意してくれることでしょう。

テクストというのは「モデル読者」を作り出すために考案された装置です。「モデル読者」とは唯一の正しい推測を生む読者のことではありません。無限の推測を試みる権利を持つ「モデル読者」というものをテクストは想定できるのです。「経験的読者」とは、テクストが仮定する「モデル読者」について推測する読者でしかありません。テクストの基本的な目的は、テクストについて推測を行う能力を備えた「モデル読者」を生み出すことです。ですから、「モデル読者」の任務は、「モデル作者」を推定することです。ここで言う「モデル作者」とは、「経験的作者」ではなくて、結局は「テクストの意図」に相当するものです。

テクストの意図を認識するということは記号論的な戦略を認識することを意味します。記号論的な戦略は文体の決まり事によって分かることがあります。もし物語が「むかしむかし」とはじまったら、それはおとぎ話であり、喚起され推定されている「モデル読者」が子ども（あるいは子どものような心で反応したい大人）だと推測する十分な理由になります。当然ながら、そこには皮肉な調子が含まれている可能性もあり、その場合にはそのあとにつづくテクストをより洗練された方法で読まなければなりません。しかし、洗練された方法で読むべきだということがテクストの展開を通して明らかになったとしても、注目すべき大事なことはテクストがおとぎ話のようにはじまるふりをしたということです。

瓶に封じた手紙を海に投げ入れるように、テクストを世界に送り出すとき（これは詩や小説だけでなくカントの『純粋理性批判』のような本についても言えることです）、つまり、単一の宛先ではなく読者の共同体へと向けてテクストが生み出されるとき、作者は、自分のテクストが自分の意図に沿って解釈されるのではなく、複雑な相互作用のストラテジーによって解釈されるのだと知っています。その相互作用には読者も関わりますし、「社会の財産」としての読者の言語能力も関わります。ここで「社会の財産」という言葉によってわたしが意味するのは、文法の一連の規則から成る言語だけではなく、言語の運用によって生み出されてきたあらゆるものの蓄積でもあります。それは、たとえば、その言語が生み出した文化的慣習や、その言語で書かれた多くのテクスト（読者が読んでいるテクストも含める）に関するこれまでの解釈の歴史です。

読むという行為はこうしたすべての要素を考慮しなければいけません。たとえ一人の読者があらゆることに精通している可能性はほとんどないとしてもです。したがって、すべての読書行為は「読者の能力」（世界についての読者の知識）と「あるテクストが前提とする能力」とのあいだの複雑な取引なのです。ここで言う「あるテクストが前提とする能力」とは、「合理的」な読み方（テクストの理解と楽しみを高める読み方、そして文脈によって支えられる読み方）でテクストを読むために前提とされる能力のことを意味しています。

物語の「モデル読者」は「経験的読者」ではありません。「経験的読者」はあなたであり、わたしでもあり、テクストを読む誰でもありえます。「経験的読者」はさまざまな読み方でテクストを読むことができます。そこにはテクストをどのように読むべきかを教える法律は存在しません。「経験的読者」は自らの情熱を表現してくれるものとしてテクストを使用することが多いからです（その情熱はテクストの外部に由来する場合もあれば、テクストが偶然生み出したものである場合もあります）。

わたしの読者が「モデル読者」としてではなく「経験的読者」としてふるまったおかしな出来事についてお話ししたいと思います。何年も会っていなかったわたしの子ども時代の友人が、わたしの二番目の小説『フーコーの振り子』が出たあと、手紙を書いてきました。「ウンベルトへ、わたしの伯父と伯母の惨めな話を君に話したことは覚えていないが、その話を小説のなかで使ったのは非常に軽率なことだと思う」。『フーコーの振り子』のなかでわたしは、物語の登場人物ヤコポ・ベルボの伯父・伯母であるカルロ伯父さんとカテリーナ伯母さんなる人物のエピソードを語りました。こうした人びとが本当に存在したというのは真実です。多少の変更を加えつつ、子供のころに自分の伯父・伯母に起きた出来事をわたしは語っていたのです。もちろん、かれらは登場人物とは異なる名前でした。わたしは友人に、「カルロ伯父さんとカテリーナ伯母さんは、「わたし」の親戚であって君の親戚ではない（だから著作権はわたしにある）。君に伯父や伯母がいたことすら知らなかった」と返事をしました。わたしの友人は謝りました。

かれは「物語にあまりに引き込まれていたため、自分の伯父と伯母に起こった事件が書かれていると思いこんでしまったのだ」と釈明しました。それはありうる話です。戦争時（わたしが回想した時代）には同じようなことが多くの人の伯父や伯母に起こりえたからです。

わたしの友人には何が起こったのでしょうか。かれは自分の記憶のなかにあるものを物語のなかに見つけようとしたのです。かれはわたしのテクストを解釈していたのではなく、それを使っていたのです。テクストを使って夢想してはいけないということはまったくありませんし、わたしたちは皆そうしたことを頻繁に行っています。しかし、それは人前にさらけ出すべきものではありません。テクストをこのように使うことは、テクストが自らの日記であるかのようにテクストのなかで動き回るのと同じことです。

テクストを読む際には、ゲームのルールがいくつかあり、「モデル読者」とはそうしたゲームで遊ぶ意欲を持っている者のことです。わたしの友人はゲームのルールを忘れ、「経験的読者」としての自らの前提を、作者の「モデル読者」への前提の上に押し付けていたのです。

『フーコーの振り子』の第一一五章で、わたしの主人公カゾボンは、一九八四年の六月二三日から二四日にかけての夜、パリのフランス国立工芸院でのオカルト儀式を目撃した後に、取りつかれたかのように、サン゠マルタン通りを端から端まで歩き、ウルス通りを渡り、ポンピドゥー・センターへ着き、サン゠メリ教会に行きます。その後さらに、ヴォージュ広場に着くまでさまざまな道を歩きつづけます（小説にはそれらすべての道の名前が書かれています）。

前にお話ししたように、この章を書くためわたしは幾晩かにわたり、テープレコーダーを持ち運び、見たものや受けた印象を録音しながら同じ道を歩きました（いまわたしは「経験的作者」として自らのメソッドを明かしています）。さらに、あらゆる時間や年、あらゆる経度・緯度について、空の様子を示してくれるコンピュータ・プログラムを持っていたので、その夜に月が出ていてさまざまな時間に特定のいくつかの場所からその月を見ることができたということも知りました。わたしがこうしたことを行ったのは、エミール・ゾラのリアリズムを真似したかったからではなく、（先ほども述べたように）物語を語る際に自分が描写している場面のイメージをしっかりと頭のなかに持っておきたいからです。

小説を出版したあとでわたしはある男性から手紙を受け取りました。その男性は国立図書館に行き一九八四年の六月二四日付けの新聞をすべて読んだようです。かれは、レオミュール通り（わたしは言及していない通りですが、あるところでサン＝マルタン通りと交差する通りです）の角で、深夜〇時過ぎ、大体カゾボンが通りかかった時刻に大きな火事があったことを、新聞記事で発見しました。「カゾボンはいったいなぜその火事を見なかったのか」と読者はわたしに尋ねました。

「カゾボンはその火事を見たのだが何らかの（わたしにも分からない）謎の理由によりそれに

言及しなかったのだ」とわたしは答えました（真実と虚偽の謎に満ちたこの物語では十分ありうる話です）。この読者は、なぜカゾボンがその火事について黙っていたのか未だに発見しようとしており、テンプル騎士団によるもうひとつの陰謀があると思っているに違いありません。本当のことを言えば、わたしはおそらく真夜中にその角を通りかかっていなくて、火事が起こるすぐ前か消火されたすぐあとかにその場所に行ったのでしょう。実際のところは分かりません。ただひとつだけ分かるのは、この読者がわたしのテクストを自分の目的のために使っていたということです。かれは現実世界で起こったことと物語テクストがあらゆる詳細にまでわたって一致することを望んでいたのです。

同じ夜の場面に関して、もうひとつのエピソードをお話ししたいと思います。この話と先ほどの話とのあいだには違いがあります。わたしが先ほどお話ししたケースでは細かいことにこだわるタイプの読者がわたしの物語を現実世界に一致させたがっていたのに対し、次のケースでは、読者が現実世界をわたしのフィクションに一致させようとします（前のケースとは少し違って、こちらはより満足いく結果が得られるケースです）。

パリ国立高等美術学校の生徒二人がカゾボンの通ったすべてのルートを再現した写真のアルバムを見せに来ました。わたしが言及したすべての場所を一つひとつ見つけ出して、夜の同じ時間に写真を撮ったのです。第一一五章の終わりで、カゾボンは街の地下道から貯蔵庫を通って外に出て、汗ばんだ顔の客やビールジョッキ、油っぽい串焼きなどであふれかえった中近東系の酒場に入ります。学生たちは実際その酒場を見つけ写真を撮っていました。その酒場がわたしの考え出したものであることは言うまでもありません（その界隈の多くの実在の酒場を思い浮かべて書きはしましたが）。しかし、その二人の青年はわたしの本に描かれた酒場を間違いなく発見したのです。繰り返して言いますが、その学生たちは、わたしの小説が現実のパリを描いているかどうか確認したいという「経験的読者」の関心事を「モデル読者」としての任務に重ね合わせたのではありません。むしろ、かれらは現実のパリをわたしの本に存在する場所に変えることを望んでいたのです。実際のところ、パリのなかで見つけられるすべてのもののなかから、わたしのテクストにおける描写に一致するものだけをかれらは選んだのです。

　自分の想像上の産物にすぎないと思っていても、その酒場はわたしのテクストのなかに実在していたのです。そのテクストのなかの存在を前にするとき、「経験的作者」の意図はむしろ無意味なものになるのです。作者は自覚にないことをよく語ります。読者の反応を得たあとになってようやく、作者は自分が何を述べたのかを発見するのです。

　ですが、「経験的作者」の意図に注意を向けることが有意義なときもあります。作者がまだ生きていて、批評家がテクストのさまざまな解釈を示している状況下で、「テクストに裏付けられる多様な解釈についての経験的人物としての作者がどれほど自覚していたのか」を尋ねるときです。このとき作者の答えはテクストの解釈を確証するために使うべきではなく、作者の意図とテクストの意図とのあいだの不一致を示すために使うべきものです。この実験の目的は批評ではなく理論に関わるものなのです。

それから、作者がテクストの論者でもあるというケースも挙げられます。そうした場合には、作者にはふたつの答え方が考えられます。まずひとつには、「わたしにそのような意図がありませんでしたが、テクストがそう述べていることを認めざるをえません。そしてこのことを気づかせてくれた読者に感謝します」という答え方がありえます。あるいは、「わたしにそんな意図はなかったという問題は別にして、理性ある読者はそのような解釈を受け入れるべきではないと思う。非合理的な解釈だからです」という答え方もありえます。

テクストの意図に忠実に従っていた読者を前にしてわたしが「経験的作者」として降参せざるをえなかったケースについてお話ししたいと思います。

『「薔薇の名前」覚書』のなかに書いたように、わたしは『薔薇の名前』についてのある書評を読んで非常に嬉しく思いました。「第五日九時課」の審問の場面の最後にウィリアムが述べた言葉がその書評に引用されていたからです。この場面では、まずアドソが「純粋さのなかでも何がもっともあなたに恐怖を抱かせるのですか」とウィリアムに尋ねます。それに対しウィリアムは「性急な点だ」と答えます。わたしはこのふたつの台詞を当時から大変気に入っていましたし、いまでも気に入っています。しかし、同じページでベルナール・ギーが拷問によって厨房係を脅しながら以下の台詞を述べることを、ある読者に指摘されました。「正義の裁きというものは、偽の使徒団が思いこんでいたように性急な判断から生まれるものではない。神の正義の実施は何百年もかけて行われるのだ」という台詞です。ウィリアムが恐れている「性急」と、ベルナールが称揚する「性急でないこと」とのあいだにどのようなつながりを意図したのか、という正当な質問を読者はわたしに向けました。わたしはその質問に答えることができませんでした。

実を言うと、アドソとウィリアムとのあいだのやりとりは、もともとの原稿には存在しませんでした。リズムとバランスのため、ベルナールの台詞に再び移る前にいくつかの行を挿入する必要があって、わたしはこの短い会話をあとからゲラに付け足したのです。その少し先の箇所でベルナールが性急さについて話しているということはすっかり忘れていました。ベルナールは月並みな表現、判事がいかにも口にしそうな表現（「法の前で人は皆平等である」のような決まり文句）を使っています。

しかし困ったことに、性急さについて触れるウィリアムの台詞の隣に置かれると、性急についてのベルナールの台詞は、きまりきった表現ではなく何か本質的なことを述べているかのような印象をあたえます。したがって、読者は、「二人の人物は同じことを述べているのだろうか」、「ウィリアムが性急さに対して表す嫌悪はベルナールが性急さに対して表す嫌悪と少しも違わないのか」、といったことを考える正当な権利を得るのです。テクストはそこに存在し、その作用を自ら生み出すのです。わたしがそれを望んだかどうかにはかかわらず、そこには、ひとつの問い、挑発的な多義性があります。わたし自身、そこに何かの意味（ひとつには限られない多くの意味かもしれません）が潜んでいることは分かるものの、この問題をどのように解決すればよいのか分かりません。

自分の小説に『薔薇の名前』などという題名をつけた作者は、その題名についての多様な解釈に出会う心構えをしておかなければいけません。「経験的作者」として、わたしは（『覚書』のなかで）読者をまさに自由にするためにこの題を選んだのだと述べました。「薔薇にはあまりに豊かな意味があり、もはや何の意味も残されていない。たとえば、ダンテの天上の薔薇、「さあ行け、かわいい薔薇[11]」、薔薇戦争、「薔薇よ、おまえは病んでいる[12]」、あまりにも数多くの「薔薇の花輪だ、手をつなごうよ[13]」、「薔薇とよばれる花を別の名前にしても[14]」、「薔薇は薔薇であり、薔薇以外の何でもない[15]」、薔薇十字軍などなど」。また、わたしの小説の最後に引用されている詩行「stat rosa pristina nomine, nomina nuda tenemus（以前の薔薇は名のみが残り、われらは名のみを手にする）」が、モルレーのベルナール［一二世紀のベネディクト会修道士］による『De Contemptu Mundi』の初期の写本においては、「Stat Roma pristina nomine（以前のローマは名のみが残り）」と書かれていることをある学者は発見しました（このほうが詩のほかの箇所や滅びたバビロンについての暗示とも調和します）[16]。したがって、もしわたしがこの詩の別のバージョンに出会っていたら、小説の題名は『ローマの名前』になっていたことでしょう（そしてファシスト的なニュアンスを帯びたことでしょう）。

しかし題名は実際のところ『薔薇の名前』であり、「薔薇」という言葉から引き出される無数の含意を除外することがどんなに難しいかはよく心得ています。わたしは、すべての解釈が無意味となるくらいにたくさん可能な読み方を増やそうとし、結果的には非常に数多くの否定しがたい解釈が生まれたのです。しかし、テクストは既にこの世に送り出されており、「経験的作者」は沈黙を守らなければいけません。

『フーコーの振り子』の主要な登場人物の一人にカゾボンという名前を付けたとき、一六一四年に『ヘルメス文書』は捏造文書だということを発見したイザーク・カゾボンのことをわたしは考えていました。『フーコーの振り子』を読めば、この優れた文献学者が理解したこととわたしの登場人物が最終的に理解したこととのあいだに共通点を見いだすことができます。わたしはこの暗示を理解できる読者がわずかであることを分かっていましたが、テクスト戦略の点から言えばそのような知識は必要不可欠なものではないということも同様に分かっていました。（言い換えれば、歴史上のカゾボンのことを何も知らなくても、わたしの小説を読めばわたしのカゾボンを理解することができるということです。多くの作者はこのような合い言葉を少数の経験豊富な読者のためにテクストのなかに入れたがるものです）。カゾボンはジョージ・エリオットの『ミドルマーチ』（わたしが何十年も前に読んで忘れていた小説）の登場人物の名でもあるということをわたしは小説を書き終える前に偶然発見しました。このときわたしは「モデル作者」として、ジョージ・エリオットとのつながりの可能性を取り除こうとしました。第十章には、以下のようなベルボとカゾボンの会話があります。


「ところで、お名前は？」

「カゾボンです」

「カゾボン。『ミドルマーチ』に出てくる名前じゃなかったですかね」

「存じません。ルネサンスの文献学者に同じ名前の人がいたと思いますが、親戚ではありません」

わたしはメアリー・アン・エヴァンス〔ジョージ・エリオットの本名〕との無意味な関連と思われるものを排除しようと最善の努力をつくしました。しかし、ある賢い読者デイヴィッド・ロビー（David Robey）が、エリオットのカゾボンは『神話学全解』と題された本を書いていることを指摘しました。一人の「モデル読者」として、わたしはその関連性を認めざるをえないと感じました。このテクストと百科事典的知識を組み合わせれば、教養ある読者は皆その関連性を見いだすことができます。その関連性は理に適っているのです。読者ほどに賢くない「経験的作者」にとっては困ったことです。

また、似たような話ですが、『フーコーの振り子』は、レオン・フーコーが発明した振り子が出てくる小説なので、『フーコーの振り子』という題名を付けました。その装置がもしベンジャミン・フランクリンによって発明されていたとしたら、題名は『フランクリンの振り子』となっていたことでしょう。これに関しては、誰かがミシェル・フーコーへの暗示を嗅ぎ取るかもしれないことをわたしは最初から自覚していました。わたしの登場人物はアナロジーへの興味に取りつかれていて、フーコーは類似性のパラダイムについて書いているからです。「経験的作者」としてのわたしはそうした関連の可能性を快く思っていませんでした。ジョーク、それもつまらないジョークみたいだからです。しかし、レオン・フーコーによって発明された振り子がわたしの物語の主人公だったので、題名を『フーコーの振り子』に決定したのです。きっと「モデル読者」は、ミシェル・フーコーとの薄っぺらい関連性を論じたりしないだろうとわたしは思っていました。わたしは間違っていました。多くの賢い読者がミシェル・フーコーとの関連性について論じたのです。テクストは読者の前に存在するのです。もしかしたらかれらが正しいのかもしれません。薄っぺらいジョークの責任はわたしにあるのかもしれません。あるいはそのジョークは薄っぺらくないのかもしれません。わたしには分かりません。それはもはやわたしがコントロールできない問題なのです。

次にお話ししたいのは、作者であるわたしにも、皆と同じ一人の人間として、合理的に見えない解釈を拒否する権利があると思うケースです（このケースでは、わたしは「モデル読者」としてテクストを検証しているうちに、自分の最初の意図を忘れてしまったかもしれませんが、皆と同じ一人の人間として解釈を拒否する権利があることには変わりがありません）。

エレーナ・コスチューコヴィチ（Helena Costiucovich）は、『薔薇の名前』をロシア語に（見事に）翻訳する前に、この作品ついての長い批評を書きました。[17] そのなかで彼女はエミール・アンリオの『ブラチスラヴァの薔薇（La Rose de Bratislava）』（一九四六年）という題の本に言及しています。謎めいた手稿の探求をテーマとし、火事による図書館の破壊で終わる本だそうです。この物語はプラハを舞台としていて、わたしの小説の冒頭でもプラハが言及されます。その上、わたしの小説に出てくる司書の一人はベレンガー（Berengar）［イタリア語版ではベレンガーリオ（Berengario）］という名前で、アンリオの小説の司書はベルンガルト（Berngard）という名前だそうです。

わたしはそれ以前にこのアンリオの小説を読んだことがありませんでしたし、その存在も知りませんでした。これまでに、わたしが自覚しているアイディアの源について批評家が指摘した解釈を読んだことはあります。そのときは、発見できるようなかたちで自分が上手く隠したものをかれらが上手く見つけてくれたことをとても嬉しく思いました。たとえば、トーマス・マンの『ファウスト博士』のなかのゼレヌス・ツァイトブロームとアドリアン・レーヴァーキューンが『薔薇の名前』のなかのアドソとウィリアムとの物語的関係のモデルであるということがその例として挙げられます。また、わたしが聞いたこともない本との関連について読者に教えてもらうということもこれまでにありました。そのときわたしは、そうした情報を引用する程に博識であるとみなされていることを嬉しく思いました（最近では若い中世研究者が、六世紀にカッシオドルスが盲目の司書に言及していることを教えてくれました）。また、小説の執筆中に意識していなかったもののたしかに若いときに読んだことのある本からの影響を指摘した批評分析を読んだこともこれまでにあります。明らかにわたしは無意識のうちにそれらの本から影響を受けていたのです。わたしの友人であるジョルジョ・チェッリはたとえば、わたしの昔の読書体験には象徴主義の作家ディミトリー・メレシュコフスキーが含まれているはずだと述べました。そして、わたしはたしかにそのとおりだと気がつきました。『薔薇の名前』の一人の普通の読者として（わたしが作者だという事実は脇に置いておいて）、わたしはエレーナ・コスチューコヴィチの議論は興味深いことを何も証明してはいないと思います。謎めいた手稿の探求と火事による図書館の破壊はとてもよくある伝統的なモチーフであり、わたしはそのモチーフを用いる本の題名をたくさん挙げることができます。プラハは小説のはじまりで言及されていますが、プラハの代わりにブダペストにわたしが言及していたとしても、同じことだったでしょう。プラハは物語のなかで重要な役割を担っていないのです。

ところで、『薔薇の名前』がペレストロイカのずっと以前に東側諸国のある国で翻訳されたとき、訳者から電話があって、小説の冒頭でソ連のチェコスロヴァキア侵攻に言及しているところが問題になるかもしれないと言われました。わたしは「いかなるテクストの変更も認めません。もし何らかのかたちで変更されたら出版社の責任とみなします」と言いました。そのあと、冗談でこう付け加えました。「冒頭でプラハに言及したのは、プラハがわたしにとって魅力的な街だからです。でもわたしはダブリンも好きです。「プラハ」の代わりに「ダブリン」と入れて下さい。そうしても何も変わりませんから」。翻訳者はこう抗議しました。「でもダブリンはロシア人に侵攻されていません！」。わたしはこう答えました。「それはわたしの責任ではありません」。

それから最後に、ベレンガー（Berengar）とベルンガルト（Berngard）という名前の一致は偶然だと言えます。いずれにしても「モデル読者」は、これら四つの偶然の一致（手稿、火事、プラハ、ベレンガー）は興味深いと思ってしまうことでしょう。「経験的作者」としてのわたしが反論する権利はまったくありません。しかし最近アンリオのフランス語のテクストを目にする機会を得た際、その本に出てくる司書の名前はベルンガルト（Berngard）ではなくベルンハルト（Bernhard）、ベルンハルト・マールだということを発見しました。エレーナ・コスチューコヴィチはおそらく、この名前が正確にキリル文字に翻字されていないロシア語版に依拠していたのでしょう。したがって、興味深い偶然の一致のうちひとつは除外され、わたしの「モデル読者」は少し安心できることになります。

しかし、エレーナ・コスチューコヴィチは、わたしの本とアンリオの本との類似性を立証するために、さらに別のことも書きました。アンリオの小説で探し求められる手稿はカサノバ（Casanova）の回想録のオリジナル手稿だと彼女は述べます。そして、『薔薇の名前』にはニューカッスルのヒュー（イタリア語版ではUgo di Novocastro）という人物が脇役で登場すると述べます。そして「ひとつの名前から別の名前へと移ることによってのみ薔薇の名前を理解することが可能なのだ」とコスチューコヴィチは結論づけます。

「ニューカッスルのヒューはわたしが考案した名前ではなく、小説執筆中にわたしが参考資料として用いた中世の本で言及されている歴史的な人物である」ということを「経験的作者」として言うことはできます（フランシスコ会使節団と教皇側使節団との会談のエピソードは実際一四世紀の年代記に由来するものです）。しかし、読者がそれを知っている前提には立てないので、こうしたわたしの反応を理由に反論することはできません。ですが、わたしは普通の読者として自分の意見を述べる権利を持っていると考えます。まず、「ニューカッスル（Newcastle）」は「カサノバ（Casanova）」の訳ではありません。「カサノバ」の正しい訳は「ニューハウス（New House）」です（語源について言えば元々のラテン語の名前「Novocastro」は「新しい町」あるいは「新しい陣地」を意味します）。したがって、「ニューカッスル」と「カサノバ」とのつながりは「ニュートン」と「カサノバ」とのつながりと同じ程度のものです。

しかし、コスチューコヴィチの仮説が非合理的なものであることを証明する要素はほかにもあります。まずはじめに、ニューカッスルのヒューは小説のなかで相当に周辺的な役割を担う人物であり、図書館とは何の関係もありません。もしテクストがヒューと図書館とのあいだに（あるいはかれと写本とのあいだに）関連性をほのめかすことを意図していたとしたら、テクストはこの関連性についてもっと何か述べていたはずです。しかしテクストはその点について何も語ってはいません。第二に、カサノバは（少なくとも文化的に共有されている知識にもとづけば）

恋愛のプロで放蕩者でしたが、ヒューの貞節についてわたしの小説のなかでは何の疑いも投げかけられていません。第三に、カサノバの手稿とアリストテレスの写本とのあいだには何の明確なつながりもなく、この小説のなかには放蕩の思想について賞讃に値する行動様式としてほのめかす箇所はひとつもありません。わたしには、自分の作品の「モデル読者」として、「「カサノバつながり」の探求は何の興味深い結果ももたらさない」と言う権利があると考えます。

昔ある議論の最中に、ひとりの読者が「最上の幸福は自らが有するものを持つことにある」という文章は何を意味するのですかとわたしに尋ねました。わたしはその質問に当惑し、そのような文章を書いたことはないと言いました。わたしには、いくつもの理由から、そのようなことを書いていないという確信がありました。まず、わたしは幸福が「自らが有するものを持つことにある」などとは思っていません。そんな陳腐な内容にはスヌーピーだって同意しないでしょう。第二に、「幸福は自らが既に有するものを持つことにある」と中世の登場人物が考える可能性はほとんどありえません。中世の精神世界では、幸福とは現在の苦しみを通って達する未来の状態だからです。こうした理由から、わたしはそのような文章を書いたことはないと主張しつづけました。わたしに質問をしたその読者は、まるで自分で書いたことを自分で思い出せない相手と話しているかのように、わたしを見つめていました。

その後、わたしはその文章を偶然見つけました。それは『薔薇の名前』のなか、厨房でのアドソの性的恍惚の描写に表れるのです。そのエピソードはどんなに鈍い読者でも簡単に分かるように、すべてがソロモンの雅歌と中世の神秘主義者からの引用で書かれています。いずれにせよ、たとえ引用元が特定できないとしても、これらのページが若い男性の最初（そしておそらく最後）の性体験のあとの感情を描いているということは読者に分かります。例の文章を全体の文脈のなかで読み直せば（中世の引用元の文脈でなく小説の文脈で構いません）、以下の文章が見つかることでしょう。「ああ神様、魂を奪われ恍惚の境地にいるとき、唯一の美徳は自らの目の前に見えるものを愛することにあり、最上の幸福は自らが有するものを持つことにあるのです」。したがって、「幸福は自らが有するものを持つことにある」のは、人生のあらゆる瞬間一般についてのことではなく、恍惚状態の瞬間についてのことなのです。これは「経験的作者」の意図を知る必要がないケースです。テクストの意図は明らかです。そして言葉には慣例的な意味というものがあるのですから、例の読者が（一個人の奇異な衝動によって）テクストの意味だと思い込んだものは、実際のテクストの意味とは異なるのです。「つかみきれない作者の意図」と「議論の余地ある読者の意図」とのあいだには、「テクストの明白な意図」があって、筋の通らない解釈を論破するのです。

わたしはロバート・F・フライスナー［アメリカの英文学研究者］の素晴らしい本『別の名前の薔薇――文学のなかの植物についての研究、シェークスピアからエーコまで（A Rose by Another Name: A Survey of Literary Flora from Shakespeare to Eco）』を楽しんで読みました。シェークスピアの名前がわたしの名前と関連づけられたことをシェークスピアが誇りに思ってくれることを願っています。フライスナーはわたしの薔薇と世界文学におけるほかの多くの薔薇とのあいだに見つけたさまざまなつながりについて論じながら、大変興味深いことを述べています。「エーコの薔薇はドイルの作品『海軍条約文書事件』の影響を受けており、このドイルの作品自体はコリンズの作品『月長石』の登場人物カフの薔薇への愛から強い影響を受けている」[18]ことを示したいのだとフライスナーは言うのです。

さて、わたしは重度のウィルキー・コリンズ中毒ですが、カフという登場人物が薔薇への情熱を持っていたことは覚えていません（小説を書いているときもそのような記憶はまったくありませんでした）。アーサー・コナン・ドイルが書いた作品はすべて読んだはずですが、『海軍条約文書事件』については正直覚えていません。ただし、それは重要なことではありません。『薔薇の名前』にはシャーロック・ホームズへの明らかな言及がたくさんあるので、テクストはその関連性についても擁護できるのです。しかし、このような寛大な態度をとるわたしでもフライスナーが拡大解釈を行っていると思う箇所があります。それは、ホームズの薔薇への愛がウィリアムにどれほど継承されているかを示すためフライスナーが以下の文章を引用する箇所です。「「フラングラ」。身をかがめて低木をよく観察しながら、突然ウィリアムは言った。薬の落ちた冬の日の枯れ木をフラングラだと見分けたのである。そして、「この皮からよい煎じ薬ができるのだ」と言った」。

フライスナーがその文章を部分的に省略して引用したのは興味深いことです。実際わたしのテクストでは「この皮から「痔のための」よい煎じ薬ができるのだ」と書いてあるのです。率直に言って、「モデル読者」は「フラングラ」を薔薇への暗示とみなすように導かれてはいないと思います。

ジョズエ・ムスカ（Giosuè Musca）［イタリアの文学研究者］は『フーコーの振り子』についての批評分析を書きました[19]。わたしがこれまでに読んだなかでもっとも優れた批評のひとつだと思います。しかし、ムスカは批評の冒頭から、常に類似性を探すというこの小説の登場人物の癖が自分にも移ってしまったのだと認め、すぐにさまざまな関連性を探しまわります。読者に発見してもらいたいとわたしが願っていた多くの気がつきにくい引用や文体の類似性をかれは巧みに指摘してくれました。また、わたしが考えていなかったけれど大変説得力のある関連性も見つけてくれました。さらに、ムスカは偏執的な読者の役割も果たしました。わたしが驚いてしまうような、しかしわたしが反証できないような関連性をいくつも見つけ出したのです（読者が誤った方向に導かれてしまうかもしれないと分かっていても、わたしにはこれらの関連性を反証することができません）。たとえば、ムスカの指摘によれば、コンピュータの名前アブラフィア（Abulafia）と三人の登場人物、ベルボ（Belbo）、カゾボン（Casaubon）、ディオタッレーヴィ（Diotallevi）を合わせると、イニシャルがＡＢＣＤとなるようです。原稿を完成させる直前までコンピュータの名前が別の名前であったと言っても無意味でしょう。わたしが単にアルファベットの連なりを得るために無意識のうちに名前を変えたのだと読者は反論できるからです。さらに、ムスカの指摘によると、不思議なことにＪＢです。「執筆中ずっと、かれのイニシャルは、ヤコポ・ベルボ（Jacopo Belbo）はウィスキーが好きで、かれの名前はヤコポではなくステファノで、わたしがそれをヤコポに変えたのは小説の完成直前だった」と反論してみても無意味でしょうが、Ｊ＆Ｂへの暗示はありません。

わたしが自身の小説の「モデル読者」として唱えることのできる反論は以下のふたつだけです。（１）他の登場人物の名前がＸ、Ｙ、Ｚまでの連なりをなさないのであれば、ＡＢＣＤのアルファベットの連なりはテクスト論的には無意味であること（２）ベルボはマティーニも飲むし、かれの軽度のアルコール中毒はもっとも重要な特徴ではないこと。

それとは対照的に反論できない指摘としては、わたしが昔から敬愛する作家チェーザレ・パヴェーゼがサント・ステファノ・ベルボという村で生まれており、メランコリックなピエモンテ人であるわたしの登場人物ベルボはパヴェーゼを思い出させるという指摘が挙げられます。実際のところ（「モデル読者」が知っているとは想定できない情報ですが）、わたしは子ども時代をベルボ川の沿岸地域で過ごしました。そして、その場所で自分が体験した苦難をヤコポ・ベルボの経験として書きました。たしかにこれらの体験はわたしがチェーザレ・パヴェーゼについて知るよりもずっと以前に起こったことです。まさにパヴェーゼとの露骨な関連性が生まれることを避けるために、わたしはもともとの名前ステファノ・ベルボをヤコポ・ベルボと変えました。しかし、名前の変更は、こうした関連性を消すのに十分ではありませんでした。パヴェーゼとヤコポ・ベルボとの関連性を見いだした読者は正しかったのです。もしわたしがベルボを別の名字に変えたとしても、その関連性はおそらく正しいのです。

この種の例を他にもたくさん挙げられますが、ただちに理解しやすい例だけを挙げることにしました。より複雑なケースである他の例について話さないことにしたのは、哲学的・美学的な事柄に深入りしすぎるおそれがあるからです。わたしが「経験的作者」の話を議論のなかに持ち込んだのは、あくまでも「経験的作者」の非重要性を強調し、テクストの権利を主張するためだと、皆さんお分かりいただけたと思います。

しかし、講義の終わりにさしかかったいま、わたしは「経験的作者」に対する寛大さが欠けていたのではないかと感じています。「経験的作者」の証言が重要な役割を果たすケースが少なくともひとつあります。読者のテクスト理解を助けるという役割ではありません。それは、あらゆる創作過程の予想不可能な流れに関する理解を助ける役割です。テクストの創作過程を理解するということは、多くの文章が偶然の幸運や無意識のメカニズムによって生まれる過程を理解することでもあります。それは、「テクストの創作過程の話」と「テクストのストラテジー」との違いを理解するための助けになります（なお、「テクストのストラテジー」と言うときの「テクスト」とは、「モデル読者」の目の前にある言語物体としてのテクストであり、「経験的作者」の意図には関係なく「モデル読者」が判断を下せる言語物体としてのテクストのことです）。

わたしがこの講義のなかでお話しした例のいくつかは、そうした役割を果たしうる例だと言えます。最後に、ある特別な性質を持つ面白い例をふたつほど付け加えたいと思います。その特質とは、わたしの私生活にのみ関わる例であり、テクストにはそれに対応するものが見られないということです。これからお話しする例は、テクストの解釈とは無関係なものです。解釈を引き出すための機械であるテクストが、文学とはまったく関係ない（あるいはその時点ではまだ関係がなかった）深いマグマの流れのなかから生じる場合もあるのだと、それらの例は示しています。

まずひとつ目の例についてお話ししましょう。『フーコーの振り子』のなかで、若いカゾボンがアンパーロというブラジル人女性と恋に落ちます。ジョズエ・ムスカは、冗談半分に、アンドレ＝マリ・アンペールという電磁気について研究した物理学者とのつながりを指摘しました。頭の良すぎる解釈です。わたしには自分がなぜその名前を選んだのか分かりませんでした。アンパーロが一般的なブラジル人の名前ではないということは知っていたので、第二三章でこう書くことにしました。「アンパーロはレシフェに住み着いたオランダ人とインディオとスーダン系の黒人との混血の子孫だったが、顔立ちはジャマイカ人のようで、パリ人のような教養があり、なぜか名前はスペイン系のものだった」。言い換えれば、わたしは「アンパーロ」という名前を、それがまるで小説の外部に由来するものであるかのように選んだのです。

本の出版の何ヶ月か後に、ある友人が尋ねました。「なぜ「アンパーロ」なの？　「アンパーロ」というのは山の名前だったか、山を見る少女の名前じゃなかった？」と。そしてかれは説明しました。「「アンパーロ」か何かに言及する「グアヒーラ・グアンタナメラ（Guajira Guantanamera）」という歌がある」のだと。なんということでしょう。歌詞はまったく覚えていなかったものの、わたしはその歌をよく知っていたのです。その歌は、一九五〇年代の半ば、当時わたしが恋をしていた女性が歌っていた曲でした。彼女はラテンアメリカ出身のとても美しい人でした。彼女はアンパーロのようなブラジル人でもなければ、マルクス主義者でもなく、黒人でもなく、ヒステリックでもありませんでした。しかし、魅力的なラテンアメリカ人の女性という登場人物を作り出すとき、カゾボンと同年齢だった若いころに知り合ったその女性のイメージを無意識のうちに思い浮かべたことは明らかです。わたしはその歌を思い出し、そのときにはすっかり忘れていた「アンパーロ」という名前が何らかのかたちでわたしの無意識から小説のなかへと移動したのです。この話は小説の解釈にとってはまったく無意味です。テクストが問題になっているかぎりは、アンパーロはアンパーロであり、アンパーロ以外の何者でもないのです（Amparo is Amparo is Amparo is Amparo）。

ふたつ目の例についてお話ししましょう。『薔薇の名前』を読んだことのある方ならご存じのように、この小説は謎めいた写本を扱った物語で、その失われた作品はアリストテレスの『詩学』の第二部です。この写本には毒が塗られているのですが、そのことは小説のなかで以下のように描写されています（「第七日の深夜課」）。「かれは最初のページを声に出して読んだが、その後は、それ以上興味がないかのように読むのを止め、素早くページをめくっていった。しかし、数ページをめくったところで、かれの手は止まった。湿気を含んで劣化した紙が粘り気を帯びたときのように、上の角の側面と上部で、ページ同士が張り付いていたからである」。

わたしはその文章を一九七九年の暮れに書きました。その後、わたしは稀覯書の収集家の仲間入りをしたのです。『薔薇の名前』を出版したあとに司書や本の収集家と交流する機会が増えたからかもしれません（もちろん自由に使えるお金が少し増えたからという理由もあります）。以前もそれまでの人生のなかで古書を数冊購入したことはありましたが、それは偶然に購入したのであって、非常に安い値段のときだけに限られていました。わたしが真面目な収集家になったのはほんの二五年前からのことなのです。「真面目」な収集家とは、専門的目録を読んで、すべての本について専門的な記録を作成するような収集家のことです。その記録は、書誌事項をはじめとし、以前・以降の版に関する歴史的情報や、その版の物理的状態についての正確な記述などを含めます。この最後の作業は、本にシミがあるか、ヤケがあるか、水による変色があるか、汚れがあるか、ページの水くいやシワはあるか、角折れや墨塗りはあるか、製本の直しはあるか、溝部分に疲れはあるかなどを記述するため、専門用語を使う必要があります。

ある日、わが家の書斎の本棚の上段をあさっていたところ、アリストテレスの『詩学』を見つけました。アントニオ・リッコボーニの注釈付きで、一五八七年パドヴァにて出版されたものです。わたしはその本のことをすっかり忘れていました。見返しには鉛筆で一〇〇〇という数字が書かれていました。わたしがその本をどこかで一〇〇〇リラ（米ドルでは七〇セントほど）で、おそらく一九五〇年代に買ったのでしょう。わたしの目録によれば、それは第二版であり、非常に希少なものではなく大英博物館に同じ本があるということでした。しかし、わたしはこの本を入手したことを非常に嬉しく思っていました。入手困難な本のようでしたし、いずれにしろリッコボーニの注釈はロボルテッロやカステルヴェトロの注釈に比べて知られておらず、あまり引用もされていなかったからです。

そしてわたしはその本についての記録を作成しはじめました。タイトルページの情報を書き写したあと、その版に「Eiusdem Ars Comica ex Aristotele」という題の補遺が付いているのに気がつきました。喜劇についてのアリストテレスの失われた書の内容であると主張されているものです。リッコボーニは『詩学』の失われた第二部を再構成しようとしたようです。しかし、これは珍しい試みではありません。わたしはその本の物理的状態を記録し終えるため、作業をつづけました。そのときわたしは、ソビエトの神経心理学者アレクサンドル・ルリア[20]によって記録されたザシェツキーという人物の体験とよく似た体験をしました。このザシェツキーという人物は、第二次世界大戦中に脳の一部を損傷し、それとともにあらゆる記憶と話す能力を失いましたが、書く能力はまだ残っていました。かれの手は、自分が思い出せないさまざまな情報を自動的に書いていきました。そして、ザシェツキーは自分が書いたものを読むことによって、少しずつ自分を取り戻していったのです。

それと同じように、例のアリストテレスの本を冷静かつ技術的な目で観察し記録を作成していたところ、わたしは突然自分が『薔薇の名前』を再び書いていることに気がついたのです。唯一の違いは、補遺がはじまる一二〇ページ目から、上ではなく下の角に激しい傷みがあるという点でした。しかし、その一点を除けば、まったく同じ記述でした。その本は、時間の経過とともにヤケて、湿気によるシミがつき、ページの角同士が付着していて、まるで不快なベトベトした物質が塗られたかのようでした。

つまりわたしはそのとき、自分が小説のなかで記述した写本と同じものを、印刷されたかたちで、手にしていたのです。小説に出てくるあの写本は、わが家の本棚にずっと昔からあったというわけです。

これは驚くべき偶然などではありませんし、奇跡でもありません。わたしはその本を若いころに購入し、流し読みをして、傷みがひどいことに気がつき、どこかにしまって、その本のことを忘れていました。しかし、体内カメラのようなものを使って、わたしはそれらのページを撮影していたようです。それらの不快なページは、何十年ものあいだ、墓場に横たわるようにわたしの心の奥底に横たわっていて、あるときに再び外に現れたわけです（なぜかは分かりません）。そして、わたしはその本を自分で考え出したのだと思い込んだのです。

この話は、先ほどの話と同様、『薔薇の名前』の解釈の可能性とはまったく関係ありません。この話から引き出せる教えがあるとすれば、それは、「経験的作者」の私生活は、テクストよりもさらに幾分か深遠なのだということくらいです。「テクストの創作に関する謎めいた歴史」と「制御不可能な未来のさまざまな読み方の行方」とのあいだに存在する「テクストとしてのテクスト」は、わたしたちがしっかりと摑まることのできるものであり、わたしたちに安心をあたえてくれるものなのです。

3　フィクションの登場人物についての考察

〔ドン・キホーテは〕本に没頭するあまり、日暮れから日の出まで、夜明けから夕暮れまで、昼も夜も毎日、読書にふけっていた。寝不足や本の読みすぎのせいで、脳が干からびて、正気を失ってしまった。本で読んだ出来事（魔法や口論、戦いや決闘、怪我、口説き文句、愛、苦悩、そしてその他の荒唐無稽の数々など）で空想が膨れ上がり、頭のなかが一杯になっていた。そのせいで、本のなかのつくり事や空想すべてがかれにとっては真実で、世界中のどんな歴史よりも現実感のあるものになってしまっていた。「エル・シッドは優れた騎士だが、凶暴で恐ろしい巨人二人を返す刀で一刀両断した「燃える剣の騎士」には敵わない」などと言うのだった。もっとお気に入りといえばベルナルド・デル・カルピオだった。魔法にかかった巨人ローランをロンセス・ヴァーリェスで倒したからだ。（セルバンテス『ドン・キホーテ』[21]）

『薔薇の名前』出版後のことですが、物語の舞台になっている修道院を発見し訪れたと言って多くの読者が手紙をわたしに送ってきました。小説の序文でわたしが言及した手記について、もっと情報がほしいと言ってくる読者も大勢いました。『薔薇の名前』の序文でわたしは、アタナシウス・キルヒャーのタイトル不明の本のことをブエノスアイレスの古書店で知ったと書きました。最近になって（つまりは小説の出版から約三〇年を経て）、あるドイツ人がわたしに手紙を送ってきました。「キルヒャーの本を置いてあるブエノスアイレスの古書店を見つけたのだけど、わたしが小説のなかで言及したのともしかして同じ店の同じ本なのではないか」と言うのです。

『薔薇の名前』に出てくる修道院の構造や場所は、もちろんわたしが考えだしたものです（細部の多くについては実在の場所に着想を得ていますが）。「古い手記を見つけた」というところから小説を書きはじめるのは、もちろん昔からよくある文学のトポスです。だからこそわたしは序文の題として「手記だ、当然のことながら」と書きました。謎めいたキルヒャーの本や、さらに謎めいた古書店も、もちろんわたしが頭のなかでつくり上げたものです。

本物の修道院や本物の手記を探した人たちは、文学の慣習に疎いナイーブな読者（たとえば、映画版『薔薇の名前』を見たあと、うっかりわたしの小説を手にとってしまったような人たち）なのかもしれません。しかし先ほど話に挙げたドイツ人の読者は、稀覯書を扱う古書店に通う習慣があって、キルヒャーについても知っている様子でしたから、教養も高くて、本や印刷物に詳しい人物に違いありません。つまり教養のレベルにかかわらず、多くの読者はフィクションと現実との区別ができない（あるいはできなくなってしまう）ということです。フィクションの登場人物について、まるで実在する人間であるかのように、真面目に考えてしまうわけです。

こうしたフィクションと現実の区別（あるいは区別の欠如）についてのコメントは、『フーコーの振り子』のなかにも出てきます。ヤコポ・ベルボは、夢のような錬金術の儀式に立ち会う際に、皮肉をこめて信奉者の儀式行為を正当化し、次のように言います。「問題は、連中が聖地に行く巡礼者より良いか悪いか、ということではありません。わたしは自問していました。わたしたちこそいったい何者なのかと。わたしたちは、うちの守衛さんよりもハムレットのほうをよりリアルな存在であるように感じている。わたしに連中を批判する権利などあるのだろうか。わたしは大喧嘩するためにボヴァリー夫人を探しつづけているというのに[22]」。

アンナ・カレーニナのために泣くということ

一八六〇年、ガリバルディのシチリア遠征に加わるため地中海を船で渡ろうとしていたとき、アレクサンドル・デュマ・ペールはマルセイユに立寄り、イフ城を訪れました。かれの小説の主人公エドモン・ダンテスがモンテ・クリスト伯爵になる前に一四年間閉じ込められ、同じ牢獄に囚われていたファリア神父から学問を学んだ場所です[23]。デュマは、イフ城にいるあいだに、あることに気づきました。訪れる観光客にモンテ・クリストの本物の牢獄と呼ばれるものが必ず見せられ、案内人はみなダンテスやファリアや小説のその他の登場人物について、まるでかれらが実在したかのように話しつづけるのです[24]。その一方で、案内人はイフ城が、オノーレ・ミラボーのような歴史上の重要な人物を収容していた事実にはいっさい触れなかったのです。

デュマは回想録のなかでこう述べています。「歴史上の登場人物を殺してしまうような登場人物を生み出すことは、小説家の特権である。歴史家は単に幽霊を呼び出すだけなのに対して、小説家は血と肉でできた人間をつくりだすのだ[25]」。

昔、友人から次のようなテーマのシンポジウムを開くように頼まれたことがあります。「アンナ・カレーニナが現実世界には存在しない架空の人物だと知っているのに、なぜわたしたちは彼女の苦境を思って泣くのだろうか、あるいは少なくともその不幸にふかく心を揺さぶられるのだろうか」というテーマでした。

スカーレット・オハラの運命には涙を流さなかったけれどアンナ・カレーニナの運命には衝撃を受けたという教養高き読者はおそらくたくさんいるでしょう。わたしは洗練された知識人たちが『シラノ・ド・ベルジュラック』の結末で、人目をはばからずに泣いているのを見たこともあります。別に驚く必要はありません。その物語の戦略が観客の涙を誘うことを目指すものである場合、教養のレベルにかかわらず観客は泣いてしまうものなのです。これは美学的な問題ではありません。山ほどあるひどい映画作品や三文小説が、感情的な反応を引き起こすことができるのに対して、偉大な芸術作品が感情的な反応を引き起こさないということだってあるのです[26]。思い出しておきましょう。多くの読者の涙を誘ったボヴァリー夫人も、山ほど恋愛小説を読んで涙を流していたことを。

「こうした現象は存在論にも論理にも関係がなく、心理学者の関心事でしかない」とわたしは友人に言いました。わたしたちは架空の人物やその行動に自分を重ね合わせることができます。わたしたちは物語の協定に従って、まるで現実世界であるかのように物語の可能世界のなかを生きはじめるからです。しかし、これは何もフィクションを読むときだけに起こることではありません。

多くの人はもし愛する人が死んでしまったらと考えて、（涙を流すまではいかなくても）心を動かされたことが幾度かあることと思います。その出来事が自分の想像したものであって本当のことではないと分かっているのにです。そのような同一視や投影の現象はごく普通の現象であって、（繰り返して言いますが）心理学者の関心事です。まったく同じ大きさだと知っていても、ある形のものが他の形のものよりも大きく見える目の錯覚があるのだとしたら、感情の錯覚があってもおかしくはありません。[27]

わたしはさらに友人にこう説明しました。フィクションの登場人物がわたしたちの涙を誘う能力はその人物自身の特性によるのではなく、読者の文化的習慣、あるいは読者の文化的期待と物語の戦略との関係性によるものなのだと。一九世紀半ばにはウージェーヌ・シューの小説に出てくる少女、フルール・ド・マリーに多くの読者が涙を流しましたが（むせび泣く読者まで いました）、こうした哀れな少女の不幸な境遇に対して今日の読者は冷笑的であり心を動かされません。対照的に、何十年か前にはエリック・シーガルの『ある愛の詩』に出てくるジェニーの運命に多くの人びとが心を動かされました（映画・小説両方です）。

これがそう簡単には片付けられない大きな問題だとわたしが理解したのはあとのことです。愛する人の死を想像して泣くこととアンナ・カレーニナの死を思って泣くこととのあいだには違いがあるということも認めざるをえませんでした。どちらの場合も、可能世界で起きた出来事を真実であるかのように受け止めているということには変わりありません（前者の場合は「自分の想像の世界」、後者の場合は「トルストイによって作られた世界」で起きた出来事を真実であるかのように受け止めています）。しかしあとで「愛する人が本当に亡くなったのか」と訊ねられたら、わたしたちは大きな安堵感を味わいながら「本当ではない」と言うことができます（悪夢から目が醒めたときと同じ安堵感です）。対照的に、アンナ・カレーニナは死んだのかと訊ねられたらわたしたちは常にそうだと答えざるをえません。アンナが自殺したということはあらゆる可能世界において真実なのです。

　さらに、恋愛の話で言えば、わたしたちは愛する人に捨てられることを想像して苦しみますし、実際に愛する人に捨てられて自殺に走る人たちもいます。しかし、わたしたちは友人が愛する人に捨てられたときにはさほど苦しみません。もちろん、かれらに同情はしますが、友人が捨てられたから自殺をしたという人の話など聞いたこともありません。ならばゲーテが『若きウェルテルの悩み』を出版したときに、不幸な恋愛で自殺する主人公ウェルテルと同じように、多くのロマンチックな若い読者が自殺したのはなぜなのでしょう。この現象は「ウェルテル効果」として知られるようになりました。実在する数百万人もの（大勢の子どもも含む）人びとの餓えについてはさほど心をかき乱されないのに対し、アンナ・カレーニナの死について大きな苦痛を個人的に抱くのはなぜなのでしょう。実在したこともない人物の悲しみをわたしたちが深く共有するとき、それは何を意味しているのでしょうか。

存在論vs.記号論

フィクションの登場人物はいかなる意味でも存在しないと本当に言えるのでしょうか。いまこの瞬間に実在する物体（たとえば「あなた」や「月」や「アトランタの街」など）、あるいは過去にのみ実在した物体（「ユリウス・カエサル」や「コロンブスの船」など）のことを、「物理的存在物体（Physically Existing Object）」、略して（「UFO」ならぬ）「PhEO」とよぶことにしましょう。フィクションの登場人物が「PhEO」だなどと言う人はいないと思います。しかし、だからといって、フィクションの登場人物がいかなる意味でも「対象物（object）」ではないということにはなりません。

アレクシウス・マイノング（一八五三―一九二〇）によって展開された一種の存在論に依拠すれば、「あらゆる表象や判断は、対象物（object）に相当する」という考えを受け入れることができます。ここで言う「対象物」とは、必ずしも実在するものとは限りません。「対象物」とは特定の性質を備えるものですが、「実在」という性質は「対象物」に不可欠な性質ではありません。マイノングの七世紀前には、哲学者のイブン・スィーナーが、「存在」とは「本質」

や「物質」が偶有する性質でしかない（accidens adveniens quidditati）と述べました。こうした意味で、世の中には、「抽象的な対象物」（たとえば、「数字の17」や、「直角」など、実在はしないけれど概念として存在するもの）と、「具体的な対象物」があります（わたし自身やアンナ・カレーニナなどが「具体的な対象物」です。わたしとアンナとの違いは、わたしはPhEOであるのに対し、アンナはそうではないということです）。

はっきり言っておきますが、わたしが関心を持っているのはフィクションの登場人物に関する存在論ではありません。存在論的考察の対象とするためには、誰の心とも無関係に存在すると考えられるものでなければなりません（たとえば「直角」という概念のように、多くの数学者や哲学者が一種のプラトン的な実体として捉えているものは存在論的考察の対象になりえます。「直角は90度である」という命題はわたしたち人類が地球から消え去っても真実ですし、異星人にだって受け入れてもらえる真実なのです）。

それとは対照的にアンナ・カレーニナが自殺をしたという事実は、現在生きている多くの読者たちの文化的能力に依存しています。その出来事はいくつかの本によって証明されてはいますが、もし人類や地球上のすべての本が消え去ったら、忘れ去られてしまうことでしょう。次のように反論することは可能かもしれません。「直角が90度であるというのが真実でありつづけるのは、異星人がユークリッド幾何学を共有している場合だけだ。それに対して、トルストイの本を一冊だけでも手に入れることができれば、アンナ・カレーニナについてのあらゆる命題は異星人にとっても真実でありつづける」。しかし、ここで数学的な実体のプラトン的な性質についての立場を決めることはわたしの義務ではありません。また、異星人の幾何学や比較文学に関する情報をわたしはまったく持ち合わせていません。ピタゴラスの定理はそれについて考える人間が一人もいなくなったとしても真実でありつづけるのに対し、アンナ・カレーニナが何らかのかたちで存在するためには、トルストイのテクストを精神的現象へと変化させる「人間の心のような精神」が必ず必要となるだろうとは少なくとも推測できます。

わたしが確信を持って言えるただひとつのことは、アンナ・カレーニナが自殺をしたと知って心を動かされる人がいるのに対して、直角が90度であると知って衝撃を受けたり悲しんだりする人は（いるとしても）とても少ないということです。ここで考察の中心にしているのは、「なぜひとはフィクションの登場人物に心を動かされるのか」ということですから、存在論的な立場を取るわけにはいきません。アンナ・カレーニナのことを「心に依存する対象物」、「認識の対象物」と捉える必要があります。言い換えれば、わたしのアプローチは存在論的なものではなく記号論的なものです（この点についてはこれからさらに詳しく説明します）。つまり、わたしが関心を寄せているのは、有能な読者にとって、「アンナ・カレーニナ」という言葉はどのような内容に対応するのかということです（とりわけ、「アンナはPhEOではないし、PhEOであったこともない」ということを読者が当然と捉えている場合においてです)[28]。

さらに言えば、わたしが考えているのは次のような問題です。アンナ・カレーニナがPhEOではないということを普通の読者は知っているのに、どうして「アンナ・カレーニナは自殺した」という言葉を真実だと捉えるのか。わたしが論じている問題は「フィクションの登場人物が住んでいるのは世界のどの場所か」ということではありません。「あたかも世界のどこかの場所に住んでいる人のことのようにわたしたちがフィクションの登場人物について話すのはいったいどうしてなのか」という問題なのです。

こうした問いに答えるためには(そして、こうした問いに答えるのが可能だとすれば)、フィクションの登場人物とかれらが住む世界に関する当たり前の事実について改めて考え直すことが有益でしょう。

不完全な可能世界と完全な登場人物

フィクションのテクストは、その定義からしても当然のことながら、実在しない人びとや出来事について語るものです(だからこそ、フィクションのテクストは、わたしたちの懐疑心を一時停止させます)。したがって、真理条件的意味論の観点から言えば、フィクションの命題は常に事実に反することを述べているものなのです。

ですが、わたしたちはフィクションの命題を嘘としては捉えません。まずはじめに、フィクションの作品を読むとき、わたしたちは作者とある暗黙の協定を結びます。作者は自分の書いたことが真実であるようなふりをし、わたしたちもそれを真面目に受け取るふりをしなければいけないという協定です。[29]こうすることで、あらゆる小説家は可能世界をつくり上げます。そして、真偽に関するわたしたちの判断は、その可能世界に依拠するようになるのです。したがって、シャーロック・ホームズがベイカー・ストリートに住んでいたというのはフィクション的な真実であり、スプーン・リバーに住んでいたとなればフィクション的な虚偽ということになります。

フィクションのテクストは、わたしたちが住む世界とまったく異なる世界を舞台とすることはありません。おとぎ話やSF（サイエンス・フィクション）であっても同じです。そのような場合であっても、森についての言及があれば、それは現実世界の森と多かれ少なかれ似たようなものとして理解されます（たとえばそこに出てくる木は植物性であって鉱物性のものではありません）。たとえ、その森の木々が鉱物性であると書かれていたとしても、「鉱物性」や「木」という概念はわたしたちの現実世界のものと同じであるはずです。

大抵、小説というものはわたしたちの日常生活の世界を舞台とするものです（少なくとも主要な特徴はわたしたちの日常の世界と同じです）。レックス・スタウトが書く物語は、ニューヨーク市役所の住民録には記載されていない人びと（ネロ・ウルフやアーチー・グッドウィン、ソール・パンザー、クレイマー警部など）がニューヨークに住んでいるということを真実として捉えるように要求します。しかし、小説のすべての出来事はニューヨークという場所、現実世界のニューヨークと同じような（あるいはかつてのニューヨークと同じような）ニューヨークという場所で起こります。ですから、もしアーチー・グッドウィンが突然セントラルパークのエッフェル塔にのぼるなどということになったりしたら、わたしたちは戸惑ってしまうことでしょう。フィクションの世界とは可能な世界であるだけでなく狭い世界だとも言えます。つまり、比較的短期間に実際の世界の片隅のどこかで起こる出来事の話なのです。[30]

フィクションの世界は、「最大の世界」ではなく、「不完全な世界」です。[31]現実の世界では、「ジョンはパリに住んでいる」という命題が真実ならば、「ジョンはフランスの首都に住んでいる」ということや、「ミラノより北、ストックホルムより南に住んでいる」ということも真実です。わたしたちの信念の可能世界（いわゆる「信念論的」世界）ではそのような一連の条件は保たれません。「トムがパリに住んでいる」ということをジョンが信じているとしても、「トムはミラノより北に住んでいる」ということをジョンが信じているとはかぎらないのです。なぜなら、ジョンは地理に疎いかもしれないからです。[32]フィクションの世界は信念論的世界と同じくらいに（ただし、異なる意味で）不完全なものです。

たとえば、フレデリック・ポールとC・M・コーンブルースの小説『宇宙商人』では、「除毛石鹸を顔にこすりつけて、淡水の蛇口から出る水で洗い流した」[33]と書いてあります。現実世界について書いた文章ならば、「淡水の」という部分は余分な言葉のように見えるでしょう。蛇口というのは、普通、淡水が出るものですから。しかし、この文章がフィクションの世界のことを記述しているのではないかと気がつけば、ある世界についての情報を間接的に提供しているのだなと分かります。（わたしたちの世界では水とお湯の蛇口がふたつ並んでいるのと同じように）普通の洗面台に淡水の蛇口と塩水の蛇口が並んでいる世界についての情報を提供しているのだなと。その物語がそれ以上の情報を提供しないとしても、読者はそれが淡水の不足しているサイエンス・フィクションの世界と関係しているのだろうと推測することでしょう。そして、それ以上の情報がなければ、わたしたちは淡水も塩水も普通のH_2Oなのだと考えざるをえません。その意味で、フィクションの世界は現実の世界に寄生する性質なのだと言えます[34]。フィクションの可能世界とは、明らかなかたちでテクストが取り入れている異質なものを除けば、あらゆるものがわたしたちのいわゆる「現実世界」と似ている世界なのです。

シェークスピアは、『冬物語』において、第三幕第三場は海の近くの荒涼とした国、「ボヘミア」を舞台としているのだと述べています。わたしたちは（スイスに海辺のリゾート地がないのと同じように）ボヘミアには海岸はないということを知っていますが、そのシェークスピアの言葉を当然のものとして受け入れます。シェークスピア演劇の可能世界ではボヘミアには海岸があるのです。フィクションの決まりごと、そして不信の一時停止によって、わたしたちはそのような変異を真実として受け入れなければならないのです[35]。

「フィクションの登場人物は未確定な存在である」と言われています。フィクションの登場人物について、わたしたちはさまざまな性質のなかのいくつかの性質しか知らないからです。そして、フィクションの人物とは対照的に「実在の人間は完全に確定された存在である」と言われています。実在の人物について、わたしたちは既知の性質すべてを明確に挙げることができるからです[36]。この主張は、存在論的観点から見れば真実なのですが、認識論的観点から見ると、これと正反対のことが言えます。ある特定の人間や生き物のすべての性質を述べることができる人など存在しません。それらの性質の数は無限だからです。それに対して、フィクションの登場人物の性質は、物語のテクストによって厳格に制限されています。テクストによって言及された性質のみがその人物を認識するのに役立つのです。

実際、わたしはレオポルド・ブルームのことを自分の父親のことよりもよく知っています。父の人生には、わたしが知らないエピソードがいくつあることでしょう。父がけっして明かさなかった考えがいくつあることでしょう。自らの悲しみや苦悩や弱さなどを、父はいったい何度隠したことでしょう。父が既にこの世を去った今となっては、こうした秘密や父という人間の本質的な要素をおそらく知ることはないでしょう。デュマが歴史家について述べた言葉のように、わたしは目の前から永久にいなくなった大切な幽霊について、ただ思いを巡らせつづけるだけです。それとは反対に、わたしはレオポルド・ブルームについて必要なことすべてを知っていますし、『ユリシーズ』を読み返すたびにブルームについて新たなことを発見します。

歴史的真実というものを扱う歴史家は、ある特定の情報が重要かどうかを何世紀もかけて議論します。たとえば、「ワーテルローの戦いの前にナポレオンが何を食べたかということはナポレオンの歴史にとって重要なのか」という問題などです。ほとんどの伝記作者はこの些細な情報を重要ではないと考えることでしょう。しかし、食べ物が人間の行動に決定的な影響を与えると考える学者もいるかもしれません。したがって、このナポレオンについての細かい情報が何らかの記録によって証明されれば、それはそうした学者たちの研究にとってきわめて重要なものとなるのです。

対照的に、フィクションのテクストは、物語や登場人物の心理の解釈などにとって、どのディテールが重要で、どのディテールが重要でないかを、かなり正確にわたしたちに伝えてくれます。

『赤と黒』の第二巻、第三五章の終わりでスタンダールは、ジュリアン・ソレルがレナール夫人をヴェリエールの教会でどのように殺そうとしたか描写しています。ジュリアンの腕が震えているこことを述べたのち、こう締めくくるのです。「そのときミサを行っていた若い聖職者が聖体奉挙の合図のベルを鳴らした。レナール夫人はうつむいたので、その顔が一瞬ショールの襞で完全に隠れた。ジュリアンにはもうそれが夫人なのかよくわからなくなった。ジュリアンは夫人にむけて銃を撃ったが、一発目は外れた。二発目を撃つと、夫人は倒れた[37]」。

その次のページで、レナール夫人の怪我は致命的ではなかったことが伝えられます。一発目の銃弾は彼女の帽子を貫通し、二発目は彼女の肩を撃ったのだと。興味深いことに、スタンダールは二発目の銃弾がどこに行ったかを詳しく書いています（このことについては、多くの批評家が関心を持ち、その理由を推測しようとしました[38]）。銃弾は肩の骨に当たって跳ね返り、ゴシック様式の柱にあたり、石の大きな破片が欠け落ちた、とスタンダールは書いています。しかし、二発目の弾道については詳しいことを述べているのに対し、一発目についてはほとんど何も述べていません。

多くの人びとはジュリアンの一発目の銃弾がどうなったのかをいまだに気にしています。多くのスタンダールのファンがその教会の場所を突き止め、銃弾の跡を見つけようとしていることでしょう（ほかの柱から欠け落ちている石の破片など）。同じように、多くのジェイムズ・ジョイスのファンがダブリンに集まり、ブルームがレモン石鹼を買った薬局を探すことはよく知られています。そして、その薬局は実際に存在するのです。少なくともわたしが同じ石鹼を買った一九六五年までは存在していました。おそらくジョイスファンの観光客を喜ばせるために薬屋が生産しはじめた石鹸なのでしょう。

ある批評家がスタンダールの小説全体を、あの行方不明の銃弾を起点に解釈しようとしたと仮定してみましょう。こんなものよりおかしな批評はたくさんあるのですから。テクストは行方不明の銃弾を重要なものとして扱っていないわけですから（実際、銃弾についてはほとんど言及されていません）、わたしたちはそのような解釈のストラテジーを無理のあるものと判断することができます。フィクションのテクストは、その物語世界において何が真実で何が真実でないかを伝えるだけではなく、何が重要で、何が重要でないと見なせるのかも伝えてくれるのです。

「フィクションの登場人物については確かなことが言える」とわたしたちが感じるのは、こういった理由によります。ジュリアン・ソレルの最初の銃弾が的を外れたというのは、絶対的な真実であって、それは、ミッキー・マウスがミニーのボーイフレンドだということが絶対的な真実であるのと同じです。

フィクションの命題vs.歴史の命題

「アンナ・カレーニナは線路に身を投げ自殺した」というフィクションに関する命題と「アド

ルフ・ヒトラーは、ベルリンの地下壕で自殺し、その遺体は燃やされた」という歴史に関する命題は同じように真実なのでしょうか。こう問われたら、「アンナに関する命題が作り事に言及しているのに対して、ヒトラーについての命題は現実に起こったことに言及している」と誰もが直感的に思うことでしょう。

ですから、真理条件的意味論の観点から厳密に言うと、「アンナ・カレーニナが線路に身を投げ自殺したのは真実だ」という言明は以下のことを言い換えているにすぎません。「アンナ・カレーニナが線路に身を投げ自殺した、とトルストイのテクストが述べているのはこの世界において真実である」。

だとすると、論理的な観点から言えば、アンナについての言明は、「言表（de dicto）」として真実なのであって、「事象（de re）」として真実なのではないということになります。また、記号論的観点から言えば、それは「表現のレベル」に関わるのであって、「内容のレベル」に関わるのではないということになります。そして、フェルディナンド・ド・ソシュールの言葉で言えば、「シニフィエ（記号内容）」のレベルではなく「シニフィアン（記号表現）」のレベルに関するものなのだということになります。

フィクションの登場人物についてわたしたちは真実の命題を述べることができます。なぜならかれらの身に起きる出来事はテクストに記録されており、テクストは楽譜のようなものだからです。「アンナ・カレーニナは線路に身を投げ自殺した」というのは、「ベートーヴェンの交響曲第五番（「運命」）がハ短調であって（交響曲第六番のようなヘ長調ではない）、「ソソソミ♭」とはじまる曲である」ということと同じように真実なのです。

フィクションに関する命題についてのこのような考え方を「楽譜的アプローチ」と呼ぶことにしましょう。しかし、この考え方は、読者の経験という観点からすると完全に満足のいくものではありません。「楽譜を読むことは複雑な解釈のプロセスである」という事実からは多くの問題が発生しますが、それらの問題をひとまず脇に置いておくとすれば、次のように言うことができます。楽譜とは特定の音の連なりをどのように生み出すべきかをわたしたちに伝える記号装置である。一連の書かれた記号を音に変換したあとで、ひとははじめてベートーヴェンの交響曲第五番を楽しむのだと言うことができるのです（楽譜を黙読することのできる熟練した音楽家についても同じことが言えます。それは心のなかでその音を鳴らしているからです）。「アンナ・カレーニナが線路に身を投げ自殺した、とトルストイのテクストが述べているのはこの世界において真実である」という言明が意味するのは以下のことにすぎません。「たしかに、テクストのページに一連の言葉が書かれていて、それを（たとえ頭のなかだけでも）読者が発音すると、アンナやヴロンスキーのような人びとが存在する物語世界があると認識することができる」。

けれどわたしたちがアンナやヴロンスキーについて話すとき、かれらの人生の変遷を語ってくれたテクスト自体について、わたしたちはもはや考えていません。わたしたちはかれらが本当の人間であるかのように話してしまうのです。

聖書が「はじめに……（Bereshit...）」という言葉ではじまるのは（少なくともこの世界のなかでは）真実です。しかし、「カインが弟を殺した」とか「アブラハムは自分の息子を犠牲にするところだった」とわたしたちが言うとき（特に、これらの出来事を道徳的あるいは象徴的に解釈しようとしているとき）、わたしたちはヘブライ語の原典について言及しているわけではありません（聖書の読者の九割は原典についてよく知りません）。わたしたちは、このようなとき、聖書のテクストの表現ではなく内容について話しているのです。たしかに、「カインがアベルを殺した」ということをわたしたちが知っているのは、聖書という書かれた楽譜があるからです。また、「社会的な物」とよばれる「物理的実体のない物」の存在は、文書によって証明されるべき（あるいは証明されうる）ということも言われました。しかし、これから次の二点についてもお話ししていきたいと思います。（1）まず、フィクションの登場人物は、文書に記録される前に既に存在している場合もあること（たとえば神話や伝説の人物など）。（2）それから、フィクションの登場人物はその存在について記録した文書より長く生き残る場合も多い、ということです。

当然のことですが、アドルフ・ヒトラーとアンナ・カレーニナがふたつの異なるかたちで存在する別々の種類のものであるということを否定する人はいません（と少なくともわたしは思っています）。わたしは、アメリカの大学のいくつかの学科で侮蔑的に「テクスト主義者」とよばれるような人間ではありません。「テクスト主義者」というのは、「事実というものは存在せず解釈、つまりはテクストだけが存在するのだ」と（一部の脱構築主義者のように）信じる人のことです。C・S・パースの記号論にもとづく解釈理論を発展させた者としてわたしは、解釈を実行するためにはそこに解釈すべき何らかの事実がなければいけないと考えています[39]。「間違いなくテクストである事実」（たとえばいま読もうとしている一冊の物体としての本など）と「単なるテクストではない事実」（たとえばその本を読んでいるという事実）とのあいだには違いがあるということをわたしは受け入れています。ですから、わたしは、ヒトラーが実在した人物だと信じています（少なくとも、信頼できる歴史家が反証を示して、ヒトラーはヴェルナー・フォン・ブラウン製作のロボットであったと証明しないかぎりは、それを信じます）。そして、アンナ・カレーニナは人の心によって想像されただけの（「人工産物」とよばれうる）ものなのだと信じているのです[40]。

いずれにしても、わたしたちは、フィクションに関する言明だけではなくて、歴史に関する言明も「言表（de dicto）」なのだと言うことができます。ヒトラーがベルリンの地下壕で死んだと学生が書くとき、かれらは「歴史の教科書によればそれが真実だ」と言っているにすぎません。言い換えれば、自分の直接の経験による判断（たとえば、いま雨が降っているなど）は別として、文化的な経験に依拠するあらゆる判断は、テクストの情報に基づいているのです。文化的経験に依拠する判断とは、つまり、百科事典（共通知識）に記録されている情報に関わるあらゆる判断です。たとえば、恐竜はジュラ紀に生きていたとか、皇帝ネロは狂っていたとか、硫酸は H_2SO_4 であるとかです。それらが「事実（de facto）」を示しているように思われても、実際には単なる「言表（de dicto）」にすぎないのです。

百科事典から学べる共通の知識に属するものすべて（地球から太陽までの距離や、ヒトラーが地下壕のなかで死んだという事実など）を「百科事典的真実」とよぶことにしましょう。わたしはこれらの情報を真実だと捉えます。それは、わたしが学術世界を信じているからです。こうした情報を証明することを専門家に委任しているという意味において、こうした「文化的労働の分担制度」のようなものをわたしは受け入れているわけです。しかし百科事典的命題には限界があります。学問というものは、その定義からしても、自らの発見について見直す心構えを常に持っているべきものですから、こうした百科事典的命題もまた見直し修正の対象なのです。わたしたちが先入観にとらわれないようにするのであれば、ヒトラーの死についても、新たな記録が発見された場合には自分の意見を見直す心構えを持っていなければいけません。そして、もし天文学による新たな測定の結果が出たとなれば、地球から太陽までの距離についても考えを改める心構えを持っていなければいけないのです。付け加えておくと、ヒトラーが地下壕のなかで死んだということについては、すでに歴史家の一部から疑いの目が向けられています。ヒトラーが連合国によるベルリン陥落のなかを生き延びて、アルゼンチンに逃げた、そして地下壕では誰も焼かれていない、あるいは誰か別の人が焼かれた、ヒトラーの自殺は地下壕に到着したロシア人によってプロパガンダのためにでっち上げられたものだ、地下壕の場所はいまでも議論の対象なのだから、地下壕は存在していなかった可能性すらある、などなど。

それとは対照的に「アンナ・カレーニナは線路に身を投げ自殺した」という命題に疑いの目を向けることはできません。

「百科事典的真実」に関するあらゆる命題は、「外部の経験的な正当性」の観点から検証することが可能ですし、頻繁にそうした検証を行わなければいけません（ですから、「ヒトラーが本当に地下壕で死んだという証拠を出して下さい」と言うことができるわけです）。それとは違って、アンナの自殺は、「テクスト内部の正当性」のみに関わることなのです（つまり、テクストの外に出てそれを証明する必要はない事柄です）。「アンナ・カレーニナがピョートル・ベズウーホフ［『戦争と平和』の主人公］と結婚した」などと言う人がいたら、わたしたちは「テクスト内部の正当性」にもとづいて、その人を「頭がおかしい」あるいは「無知だ」と判断することでしょう。対照的に、ヒトラーの死について疑問を投げかける人はそこまでバカにはされません。

このような「テクスト内部の正当性」に依拠すれば、フィクションの人物の身元を間違えるようなことも起こりえません。現実世界では、鉄仮面の正体についてわたしたちは未だに確信を持っていませんし、カスパー・ハウザー〔一九世紀のバイエルン王国で発見された身元不明の少年。その出自については諸説ある〕が実際に誰だったのか知りません。また、ロシア帝国の皇女アナスタシア・ニコラエヴナ・ロマノヴァが本当に家族と共にエカテリンブルグで殺されたのか、あるいは生き延びて、魅力的な女性になりアナスタシアとして名乗りを上げたのかを知りません（ちなみに、その女性は後に映画のなかでイングリッド・バーグマンが演じています）。それとは対照的に、わたしたちはアーサー・コナン・ドイルの物語を読むとき、シャーロック・ホームズが言及するワトソンがいつも同一人物であって、ロンドン市には同じ名前で同じ職業の人物はほかにいないということに確信を持っています（さもなければテクストが少なくともそのように示唆したことでしょう）。わたしは以前に別のところで、ソール・クリプキの理論の「固定指示（rigid designation）」について反対意見を唱えましたが[41]、フィクションの可能世界については、そのような概念が妥当であると認めることができます。わたしたちはワトソン博士をさまざまに定義できますが、かれが『緋色の研究』でスタンフォードという人物により、はじめてワトソンとよばれた人物であることは明らかです。そして、それ以降にシャーロック・ホームズやアーサー・コナン・ドイルの読者が

「ワトソン」という名前を用いるときも、最初に「ワトソン」とよばれた人物を示していることは明らかです。「マイワンドの戦いで負傷しただとか、医学を勉強しただとか、ワトソンは言っていたが、それは嘘だった」と、まだ発見されていない小説のなかでコナン・ドイルが書いている可能性が皆無であるとは言えません。しかし、そのような場合でも、ワトソン博士の詐欺師としての正体が暴かれるだけであって、ワトソン博士が『緋色の研究』のなかでシャーロック・ホームズに初めて会った人間でありつづけることには変わりありません。

　フィクションの登場人物のアイデンティティー（身元）が強固であるというのは、非常に重要な点です。フィリップ・ドゥマンクの『エマ・ボヴァリーの死に関する再捜査[42]（Contre-enquête sur la mort d'Emma Bovary）』という小説は、「ボヴァリー夫人は服毒自殺したのではなく、殺されたのだ」と警察が捜査によって証明する物語です。この小説に面白みがあるのは、読者が本当はエマ・ボヴァリーが服毒自殺したということを当たり前の事実として捉えているからです。ドゥマンクの小説は、いわゆる「ユークロニア（歴史改変）」の物語（「ユートピア」が「どこにもない場所」を意味するのに対し、「ユークロニア」は「どこにもない時」を意味します）、ある種の「ＨＦ」（「ヒストリー・フィクション」、過去に関わるＳＦ）を楽しむのと同じように楽しめるものです。歴史改変の物語では、たとえば、ワーテルローの戦いでナポレオンが勝っていたらヨーロッパで何が起きていたかを作者が想像したりします。こうした歴史改変小説は、ナポレオンが実際にはワーテルローで敗れたということを読者が知っているからこそ楽しめるのです。それと同じように、ドゥマンクの小説を楽しむためには、読者はボヴァリー夫人が本当は自殺したということを当たり前の事実として捉えていなければいけないのです。さもなければ、なぜそのような改変物語を書いたり読んだりする必要があるのでしょう。

フィクションについての命題が持つ認識論的機能

わたしたちはまだ、フィクションの人物がどういった実体なのか、楽譜的アプローチの枠組みのなかでしか確認していません。しかし、わたしたちにとっての「真実」の概念を説明するために、フィクションについての命題が非常に重要なものであるということは言えます（わたしたちがフィクションの命題をどのように用いたり、フィクションの命題についてどのように考えたりするかということが、「真実」の概念を明らかにするために重要だからです）。

「ある命題が真実である」とはどのような意味なのか、誰かに尋ねられたとしましょう。そして、アルフレッド・タルスキによって考えられた有名な定義（「雪が白い」が真であるのは、雪が白い場合であり、その場合にかぎる）によってその問いに答えたとしましょう。こうした定義は、知的な議論を刺激するにはなかなか面白いものの、普通の人にとってはあまり役立ちません（たとえば、「雪は白い」と述べるに十分な物理的証拠がどのようなものかをわたしたちは知らないからです）。わたしたちはむしろ、「「スーパーマンはクラーク・ケントである」という命題と同じくらいに反論できないような命題である場合、その命題は間違いなく真実である」と言うべきでしょう。

一般的に、「アンナ・カレーニナは自殺した」という考えを読者は反論できないものとして受け入れます。しかし、たとえ誰かが、テクスト外部の経験的な証拠を求めたとしても、楽譜的なアプローチ（入手可能な本のなかでトルストイがこう書いたということが真実だと証明するアプローチ）にもとづいて、感覚与件がその命題を正しいと認めれば十分なのです。ヒトラーの死についてはあらゆる証拠が議論の対象となりうるのとは対照的です。

「ヒトラーがベルリンの地下壕で死んだ」のが間違いなく真実かどうかを決定するためには、「スーパーマンはクラーク・ケントである」とか「アンナ・カレーニナは線路に身を投げ自殺した」とかいった言明と同じくらい明白な真実だと思っているのかどうかを決定する必要があるのです。こうした比較検証を行うことによってはじめてわたしたちは「ヒトラーがベルリンの地下壕で死んだ」という命題について、「おそらく真実である」（かなり高い確率で真実ではあるが、何の疑いの余地もない真実とは言えない）と言えるのです（対照的に、「スーパーマンがクラーク・ケントである」というのはけっして異議を唱えることができない命題です）。イエス・キリストが神の子であるかどうかについて法王とダライ・ラマが何年にもわたって議論を重ねることは可能ですが、クラーク・ケントがスーパーマンであることや、スーパーマンがクラーク・ケントであることは二人とも認めざるをえないはずです（二人が文学やコミックに通じているとすればの話ですが）。つまり、これがフィクションの命題の認識論的機能です。フィクションについての命題は、さまざまな命題が反証不可能な真実であるかどうかを検証するためのリトマス試験紙として使えるのです。

揺れ動く楽譜のなかの揺れ動く人びと

さて、フィクションのなかの真実が持つ真偽論の機能については分かっていただけたかと思いますが、これではまだ、フィクションの人物の苦境をめぐってなぜわたしたちが涙を流すのかということは説明できません。「アンナ・カレーニナが死んだとトルストイが書いた」からという理由で心動かされる人はいません。人が心を動かすのは、「アンナ・カレーニナが死んだ」からです（そのことを最初に書いたのがトルストイだということを知らなかったとしても、人はそのことに心を動かされます）。

わたしがいま述べたことは、アンナ・カレーニナやクラーク・ケントやハムレットやほかの多くの人物についてあてはまることですが、あらゆるすべてのフィクションの登場人物にあてはまるわけではありません。デーナ・ハモンドがどんな人間だとか、何をしたかということは、

（名探偵ネロ・ウルフ〔アメリカの作家レックス・スタウトの探偵小説の主人公〕の雑学的知識《トリビア》に詳しい人を除けば）誰も知らないことでしょう。「テクストによれば、（レックス・スタウトが一九五〇年に出版した）『*In the Best Families*』という小説のなかで、デーナ・ハモンドという銀行家がこうした」と述べることは可能です。デーナ・ハモンドは、言ってみれば、元の楽譜の囚人でありつづけるのです。それとは対照的な人物として、有名かつ悪名高い銀行家の名を挙げるとしたら、ニュッシンゲン男爵がいます。かれは生まれた場所であるバルザックの本の外でも生きる能力を得た人物だと言えます。ニュッシンゲンは、美学理論において「普遍的なタイプ」とよばれるものになったのです。ニュッシンゲンと違って、デーナ・ハモンドは、残念ながら、「普遍的なタイプ」にはなれませんでした。かわいそうですね。

　こうした意味で、特定のフィクションの登場人物は、元々の楽譜から独立した存在となるのだと言えます。アンナ・カレーニナの運命について知っている人のうち、何人がトルストイの本を読んだことがあるでしょうか。かれらのうちの何人が、アンナについて映画（グレタ・ガルボ主演の二本の映画が有名です）やテレビドラマを通して知ったのでしょうか。正確な答えは分かりません。けれどフィクションの登場人物のなかには、その存在を生み出した楽譜の外で生き、範囲の特定が非常に難しい領域に移動する者が数多くいるのだということは確実に言えます。そのなかにはテクストからテクストへと渡り歩く人物も大勢います。多くの人びとの想像力が、何世紀にもわたって、かれらに対する感情の投資を行い、かれらを「揺れ動く」人物へと変えたからです。かれらの多くは偉大な芸術作品や神話の産物ですが、全員がそうというわけではありません。「揺れ動く」人びとの共同体には、ハムレットやロビン・フッド、ヒースクリフ、ミレディー、レオポルド・ブルームやスーパーマンなどさまざまな人物がいます。

わたしは「揺れ動く登場人物」に昔から惹かれていたので、以前に、次のようなパスティーシュ作品を創作したことがあります（自己剽窃をするようで心苦しいのですが、引用させてください）。

ウィーン、一九五〇年。あれから二〇年が過ぎたが、サム・スペードは、いまだにマルタの鷹を手に入れることをあきらめていない。目下の連絡係はハリー・ライムだ。ふたりはウィーン、プラーター公園の観覧車のてっぺんで人目を忍んで話し込んでいる。観覧車を降りると、ふたりはカフェ・モーツァルトに入っていった。そこではサムが、ツィターで『アズ・タイム・ゴーズ・バイ』を弾いている。奥のテーブルには、渋くしかめた唇の端に煙草を咥えたリックが座っている。ウガーテから示された書類のなかに手がかりを見つけ、サム・スペードにウガーテの写真をみせる。「カイロとはな！」と私立探偵はつぶやく。リックは説明を続ける。ド・ゴールに続いてルノー署長といっしょにパリに凱旋したとき、秘密警察がマルタの鷹の追跡を命じたドラゴン・レディー（おそらくあの女がスペイン内乱の最中にロバート・ジョーダンを殺したのだ）という存在を知ったのだ。女は今すぐにもやってくるはずだった。ドアが開いて、女がひとりすがたを見せた。「イルザ！」とリックが叫ぶ。「ブリジッド！」とサム・スペード。「アンナ・シュミット！」とライム。「ミス・スカーレット！」とサム。「お戻りになったんですね！　もうボスをひどい目にあわせたりしないでくださいよ！」バーの暗がりから、冷たい微笑みを口に浮かべた男の姿が浮き上がる。フィリップ・マーロウだ。「行こうか、ミス・マープル」と女に言う。「ベイカー・ストリートでブラウン神父が待っている[43]」。

「揺れ動く登場人物」を知っている人がみな、もともとの楽譜を読んでいるとは限りません。多くの人は『オデュッセイア』を読んだことがなくてもオデュッセウスを知っています。二つの主な原典（シャルル・ペローによる楽譜やグリム兄弟による楽譜）を読まずに赤ずきんちゃんについて話す子どもは何千人もいます。

「揺れ動く人物」になれるかどうかは、もともとの楽譜の芸術性によるのではありません。アンナ・カレーニナの自殺を悲しむ人々が多くいるのに対して、『九三年』におけるシムールダンの自殺を嘆くのはヴィクトル・ユゴー好きのごく少数の人びとだけなのはなぜでしょうか。

わたしは個人的に、あの哀れな夫人よりも、（偉大な英雄）シムールダンの運命により深く心を動かされました。残念なことですが、大多数の人びとはわたしとは反対の意見です。フランス文学の愛好者以外に、誰がいったいオーギュスタン・モーヌのことを覚えているでしょう。しかしかれは、アラン＝フルニエの偉大な小説『グラン・モーヌ（Le Grand Meaulnes）』の登場人物でしたし、いまでもそれに変わりはありません。これらの小説に深く激しく引きこまれた何人かの繊細な読者は、オーギュスタン・モーヌやシムールダンも同じクラブの仲間に入れてあげるかもしれません。しかし、ほとんどの現代の読者は、街角でこれらの登場人物に出くわすとは思っていません。それとは対照的に、最近読んだ話ですが、ある調査によれば、一〇代のイギリス人の五人に一人は、ウィンストン・チャーチルやガンジー、ディケンズがフィクションの登場人物で、シャーロック・ホームズやエリナー・リグビーは実在した人物だと思っているそうです[44]。つまり、フィクションの「揺れ動く登場人物」としての特権的ステータスを、チャーチルが得られるのに対して、オーギュスタン・モーヌは得られない、というわけです。

　特定の楽譜のなかで果たした役割よりもテクスト外部のアバターによってより広く知られる登場人物も存在します。「赤ずきんちゃん」を例に取ってみましょう。ペローのテクストでは、少女は狼に食べられて、そこで物語は終わり、軽率なふる舞いの危険性について真面目に反省させられる仕掛けになっています。グリムのテクストでは、狩人が現れ、オオカミを殺し、少女とおばあさんを生き返らせます。現代の多くの母親と子どもが知っている「赤ずきんちゃん」はペロー版でもグリム版でもありません。たしかにハッピーエンドはグリム版から来ていますが、ほかの多くの詳細はふたつのバージョンの融合のようなものです。わたしたちが知っている「赤ずきんちゃん」は「揺れ動く楽譜」（多かれ少なかれ、母親たちや子供向けお話会の人びとによって共有されている楽譜）から来ています。

神話の登場人物の多くが、特定のテクストに入れられる以前は、こうした共有領域に属していました。オイディプスはソフォクレスの戯曲の主題になる以前、数多《あまた》ある口承伝説の人物でした。たくさん翻案映画を経た今日では、三銃士はもはやデュマのものではありません。ネロ・ウルフの物語の読者はみなかれがマンハッタンの、西三五丁目のどこかに位置する褐色砂岩の家屋に住んでいたと知っています。しかしレックス・スタウトの数々の小説では少なくとも一〇の異なる地番が住所として書かれています。あるとき暗黙の了解めいたものによって、ウルフのファンは正しい地番が四五四であると納得することになりました。そして一九九六年の六月二二日、ニューヨーク市と「ウルフ・パック」というクラブがレックス・スタウトとネロ・ウルフの功績を讃え、西三五丁目の四五四番に銘板を付け、この場所があの架空の褐色砂岩の建物であると認定しました。

同じように、ディードー、メディア、ドン・キホーテ、ボヴァリー夫人、ホールデン・コールフィールド、ジェイ・ギャツビー、フィリップ・マーロウ、メグレ警視、エルキュール・ポアロなどはみな、元の楽譜の外で生きることになりました。そして、ウェルギリウス、エウリピデス、セルバンテス、フローベール、サリンジャー、フィッツジェラルド、チャンドラー、シムノンやクリスティーを読んだことのない人でもこれらの登場人物について真の命題を述べていると主張することができるのです。これらの登場人物はテクストから独立しており、自分を生んだ可能世界からも独立しています。そして、かれらは（言ってみれば）わたしたちのあいだを循環しています。そのため、わたしたちはかれらのことを実在の人物であるかのように考えてしまうのです。わたしたちはかれらを自らの人生のモデルとしてだけではなく、ほかの人たちの人生のモデルとしても使います。わたしたちは、知り合いの誰かについて、「オイディプス・コンプレックスを抱えている」とか、「ガルガンチュワのような大食いだ」とか、「オセロのように嫉妬深い」とか、「ハムレットのように疑い深い」とか「スクルージのようにケチだ」と言ったりします。

記号対象としてのフィクションの登場人物

ここでのわたしの関心は存在論的なものではないと先ほど述べましたが、基本的な存在論の問いからは逃れることができません。それは、フィクションの登場人物とはどのような類《たぐい》の実体なのか、そして、どのようなかたちでかれらは（「実在」はしないのだとしても）「存在」しているのかという問いです。

フィクションの登場人物は、もちろん「記号対象」です。ここで「記号対象」という言葉によってわたしが意味するのは、特定の文化のなかで共通知識として記録されている一連の性質、特定の表現（言葉、イメージ、あるいはほかの手段）によって伝えられる一連の性質のことです。そのようないろいろな性質の集合を、わたしたちは表現の「意味」とか「シニフィエ」とよびます。したがって、「犬」という言葉は、その内容として、「動物」とか、「哺乳類」、「イヌ科」、「吠える生き物」、「人間の最良の友」、そして包括的な百科事典で言及されるその他諸々の特徴など、さまざまな性質を伝えます。そして、これらのさまざまな性質もまた、ほかのさまざまな表現によって説明されます。こうして、相互に関連し合う一連の解釈によって、その言葉に関わるさまざまな概念（ある共同体によって共有され同じように記録されている考え）が成り立っています。

記号対象にはさまざまな種類があります。そのなかには、PhEO のグループにあたるものがいくつかあります（たとえば、「馬」などの言葉によって伝えられる「自然物のグループ」、あるいは「机」などの言葉によって伝えられる「人工物のグループ」など）。また、抽象概念や観念的なものにあたる記号対象もあります（「自由」とか「平方根」など）。「社会的なもの」とよばれるグループに属すものもあります。そこには「結婚」や、「お金」や「大学の学位」など、集団的合意や法律によって定められた実体一般が含まれます[45]。しかし、それに加えて、特定の人や物にあたる記号対象もあります。それらは、たとえば、「ボストン」や「ジョン・スミス」など、固有名詞で示されます。「ある表現が、あらゆる可能世界において、状況の違いにかかわらず、常に必ず同じことを意味する」という「固定指示」の理論にわたしは同意しません。あらゆる固有名詞は、わたしたちがさまざまな性質を吊り下げることのできる釘のようなものだとわたしは固く信じています。したがって、「ナポレオン」という名前はさまざまな性質を伝えます。アジャクシオで生まれ、フランスの将軍として働き、皇帝になり、アウステルリッツの戦いに勝ち、セントヘレナ島で一八二一年の五月五日に亡くなった、などなどさまざまな性質です[46]。

大多数の記号対象にはある重要な特性があります。それは、指示対象をもつという特性です。言い換えると、大多数の記号対象には、「実在している」あるいは「かつて実在していた」という特性があります（たとえば「エベレスト山」という言葉には「実在している」という特性があり、「キケロ」という言葉には「実在していた」という特性があります）。そして、そのような言葉は、多くの場合、具体的に何を指し示しているのかわたしたちに伝えてくれます。「馬」や「机」という言葉は、PhEO のグループにあたります。「自由」や「平方根」など観念的なものは、特定の具体的な事例に関連づけられます（たとえば、バーモント州の憲法は、あらゆる住民に保障される「自由」の事例にあたります。そして1.7320508075688772は3の「平方根」です）。社会的なものについても同じことが言えます（ある特定のイベントを結婚の事例として挙げることができます）。しかし、自然物・人工物・抽象物・社会的なもののなかには、個人的経験に関連づけられないものもあります。わたしたちは「ユニコーン」の意味（ユニコーンが持つと言われる性質）や、「聖杯」の意味、アイザック・アシモフによって定義される「ロボット工学三原則第三条」の意味、「円の正方形化」の意味、「メデイア」の意味などを知ってはいますが、物理的な世界でこれらの例を実際に見つけることはできません。

これらのものを「純粋志向的対象（purely intentional objects）」とでもよびたいところですが、この言葉はローマン・インガルデン［ポーランドの哲学者］によって他の目的で使われてしまっています。[47] インガルデンにとっての「純粋志向的対象」とは、「教会」や「旗」などの人工物です。「教会」は、単なる教会を構成するさまざまな物質の集合を指すのではありません。また、「旗」は、社会的・文化的な慣習にもとづく象徴的価値をあたえられているため、単なる一枚の生地を指すのではありません。ですが、「教会」という言葉が物質としての「教会」を特定する基準を伝えるというのも事実です。どのような物質で建てられているべきであるかとか、平均的なサイズなどを示唆するからです（マジパンで作られたノートルダム大聖堂のミニチュアレプリカは教会とは呼べません）。そして、PhEOとしての教会を見つけることも可能です（パリのノートルダムや、ローマのサン・ピエトロ、モスクワの聖ワシーリー大聖堂など）。一方、もしもわたしたちがフィクションの登場人物を「純粋志向的対象」と定義するとしたら、それは同等のものを現実世界にまったく持たない一連の性質を指すことになります。「アンナ・カレーニナ」という表現は、何の物理的な指示対象も持ちません。そしてわたしたちはこの世界に、「これがアンナ・カレーニナ」だと言えるようなものを何も見つけることができません。

ですから、ここではフィクションの登場人物を、「純粋志向的対象（purely intentional objects）」ではなく、「絶対志向的対象（absolutely intentional objects）」とよぶことにしましょう。

カロラ・バルベロ（Carola Barbero）は、フィクションの登場人物は「高次の対象」（さまざまな属性の集合以上のもの）であると述べました。「高次の対象」は、「その物のさまざまな構成要素や関係性から大体のところ（厳密にではない）成り立っている。「大体のところ」と言うのは、物が認識されるためには、特定のいくつかの要素を特定のかたちで必要とはするが、それらの要素を厳密にすべて必要とするわけではないという意味である」[48]。物が認識されるために重要なのは、それが、ゲシュタルト（全体構造）を保っているということです。さまざまな要素がまったく同じでなくても、その要素間の関係性が一定であればよいのです。たとえば、

「ニューヨーク発・ボストン行き午後四時三五分発の電車」を、そのようなものとして挙げることができます。車体が毎日変わったとしても、常に同じ電車として認識されつづけるからです。それだけではありません。たとえその存在が否定されたとしても同じように認識されるものとしてありつづけるのです。たとえば、「ニューヨーク発・ボストン行き午後四時三五分発の電車は運行休止になりました」とか「技術的な障害が生じたため、ニューヨーク発・ボストン行き四時三五分発の電車は、五時に出発します」などと述べられる場合なども、同じです。「高次の対象」の、典型的な例は、メロディーです。ショパンのピアノソナタ第二番変ロ短調作品35は、それがマンドリンで演奏されたとしても、メロディーに関しては同じものとして認識できます。芸術的観点から見ればその結果がひどいものであるだろうことはわたしも認めますが、メロディーのパターンは保たれることでしょう。そしていくつかの音が抜けてしまったとしても、その曲は同一の曲として認識されうるのです。

音楽全体の構造を壊さずにどの音を抜かせるのか、あるいは、メロディーを認識するためにはどの音が必要不可欠なのか（つまりはどの音が「判断材料」となるのか）を決定するのは興味深いことでしょう。しかしそれは理論的な問題ではありません。それはむしろ音楽批評家の仕事であって、分析対象によって異なる結果が出る種類のものなのです。

この点は非常に重要です。わたしたちがメロディーの代わりにフィクションの登場人物を分析するときにも同じ問題が存在するからです。ボヴァリー夫人は、自殺をしなかったとしても、ボヴァリー夫人なのでしょうか。フィリップ・ドゥマンクの小説を読んでいるとき、わたしたちはフローベールの本と同じ人物について読んでいるような印象を抱きます。こうした「目の錯覚」が起こるのは、小説の冒頭でエマ・ボヴァリーが、既に死亡した人物として現れ、自殺をしたらしいと言及されるからです。作者によって提示されている別説（殺されたという説）は、ドゥマンクの小説の何人かの登場人物の個人的な意見にすぎず、エマの主要な属性を変えはしないのです。

　バルベロは、ウッディー・アレンの「クーゲルマスのお話（The Kugelmass Episode）」［邦訳題は「ボヴァリー夫人の恋人」］という作品のなかでボヴァリー夫人がタイムマシンのようなもので現代のニューヨークに連れてこられ不倫をする部分を引用しています。[49] 現代の洋服を着て、ティファニーで買い物をする彼女は、フローベールのエマ・ボヴァリーのパロディーのように思われます。しかし、さまざまな違いにもかかわらず、わたしたちは彼女をボヴァリー夫人だと認識できます。なぜならボヴァリー夫人と判断しうるための属性をほとんど保っているからです。彼女はプチブルジョワの一員で、医者と結婚していて、ヨンヴィルに暮らし、その小さな街の生活に不満を抱いていて、不倫に惹かれる性質です。ウッディー・アレンの物語のなかのエマは自殺しませんが、自殺する寸前の状態にあり、まさにそのために魅力的（かつ欲望をそそる）女性となっています（これは物語のアイロニーの質にとって重要な点です）。クーゲルマスは、エマが最後の不倫をする前に、フローベールの世界にＳＦ的に入り込む必要があります。でなければ手遅れになってしまうからです。

　したがって、フィクションの登場人物が別のコンテクストに置かれても、「判断材料となる属性」が保たれていれば、その人物でありつづけると言えます。どの属性が決定的な判断材料となるのかについてはそれぞれの人物ごとに定義する必要があります[50]。「赤ずきんちゃん」は少女で、赤いずきんをかぶっており、狼に出会って、おばあさんとともに食べられます。これらは彼女の決定的な特徴です（少女の年齢や彼女の籠のなかの食べ物の種類などについては人によって考えが異なるかもしれません）。この少女はふたつの意味で揺れ動く人物だと言えます。まず、彼女は元の楽譜の外で生きている人物だと言えます。ふたつ目に、彼女は輪郭が曖昧で変わりやすい星雲のような人物だと言えます。しかし彼女の決定的な属性のいくつかは変わらずに保たれており、そのためわたしたちは異なるコンテクストのなかでも彼女を「赤ずきんちゃん」として認識することができます。もし「赤ずきんちゃん」が狼に出会ってなかったらどうなっていただろうと考える人もいるかもしれません。しかし、わたしは赤ずきんをかぶった五歳から一二歳くらいの年齢層の少女のさまざまな画像をさまざまなウェブサイトで見ました。そして、それらの画像を常にあの昔話の主人公として認識することがで

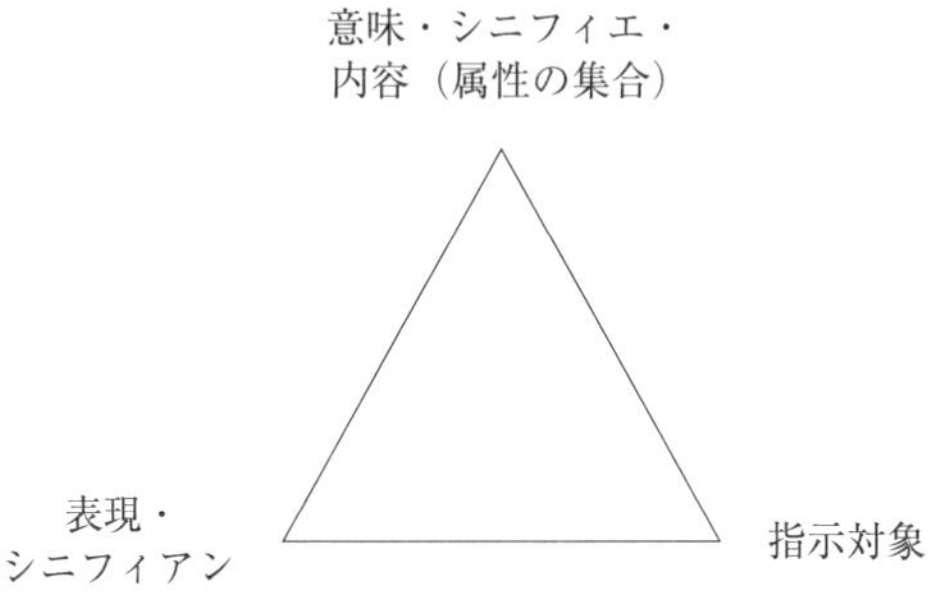

図1

きました。なかには赤い帽子をかぶった二〇歳のセクシーな金髪女性の画像もありました。キャプションに「赤ずきんちゃん」と書いてあったので、わたしは彼女を「赤ずきんちゃん」として受け入れましたが、実際はジョーク・パロディー・挑発として捉えました。「赤ずきんちゃん（Little Red Riding Hood）」であるためには少なくとも二つの決定的属性を備える女の子でなければなりません。まずは赤ずきん（red hood）をかぶっていなければいけません。そして、ふたつ目に、幼い女の子（little girl）でなければならないのです。

フィクションの登場人物の存在によって、記号論は、単純すぎるように見えかねないいくつかのアプローチを修正することを強いられます。有名な「意味の三角形」は、図1に示したような形で通常描かれます。この三角形に指示対象が含まれているのはなぜかというと、わたしたちはこの世に物理的に実在する何かを指すために言語表現を使用することが多いからです。何かに言及したり、何かを指したりすることは、言語表現そのものによって行われるのではありません。人が言語表現を使用することによって、何かに言及したり何かを指したりすることが可能になるのです。このように考える点において、わたしはピーター・ストローソンと同意見です。言及することや何かを指すことは、表現を使用することに備わっている機能なのです。[51]

「犬は動物である」とか「猫はみな優しい」などとわたしたちが言うとき、具体的な指示言及を行っているようには思われません。このようなケースでは、わたしたちは記号対象（あるいは対象の属すグループ）について、特定の属性と関連づけながら、判断を下しているにすぎません。

ある科学者が、「林檎の新しい性質を発見した」と述べたとしましょう。その科学者が、実験実施要項のなかで実在の個々の林檎A、B、C（結論を裏付ける実験で使われた実在の物体としての林檎）について「その性質があるかどうかを実験した」と述べるとき、その科学者は、指示言及の行為を行っていることになります。しかし、その発見が科学の世界で認められるやいなや、その新しい性質は林檎一般の性質として捉えられ、永久的に「林檎」という言葉の内容の一部になります。

個々の人間について話すとき、わたしたちは指示言及の行為を行っています。しかし、現存

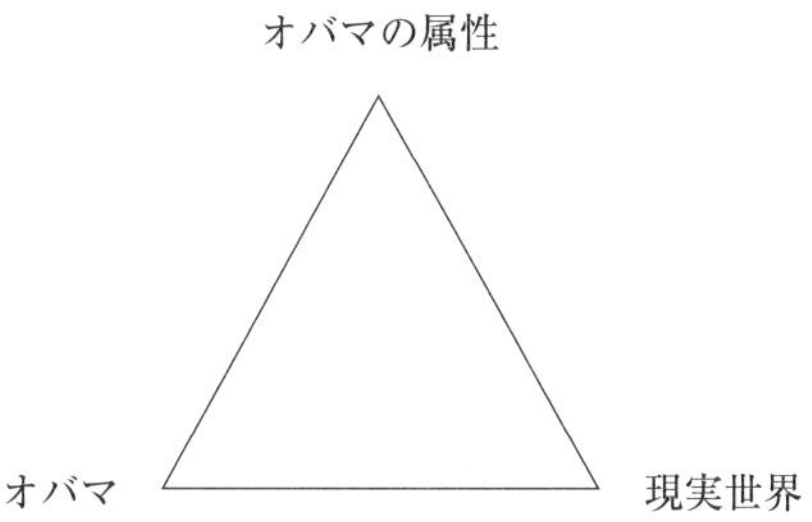
オバマの属性
オバマ
現実世界

図 2

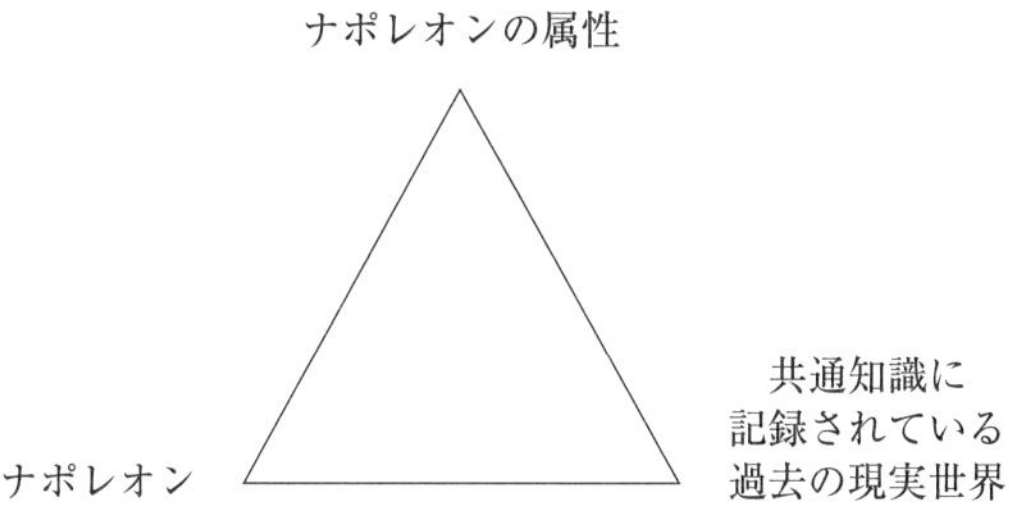
ナポレオンの属性
ナポレオン
共通知識に
記録されている
過去の現実世界

図 3

の人間について言及するのと、過去に存在した人間について言及するのには違いがあります。「ナポレオン」という言葉の内容は、ナポレオンのさまざまな属性のひとつとして、「一八二一年の五月五日に死んだ」という属性を含んでいなければなりません。対照的に、「オバマ」という言葉の内容の性質について言えば、二〇一〇年に使われている場合なら、「現存しておりアメリカ合衆国の大統領である」という属性を含んでいなければなりません[52]。

現在生きている人物について言及するのと過去に生きた人物について言及するのとの違いは、図2と図3に示されている二つの異なる三角形によって表すことができます。この場合、話し手がオバマの属性を述べるとき、話し手は聞き手に対して、物理的に実在する世界の特定の時空間のなかでその属性を確認することを促していることになります（聞き手が確認することを望めばの話ですが[53]）。それとは対照的に、誰かがナポレオンの属性を述べるとき、その話し手は過去の世界のなかでその属性を確認するように人々を促してはいません。タイムマシンでも持っていないかぎり、過去に戻って、ナポレオンが本当にアウステルリッツの戦いに勝ったかどうかを確かめることはできないのですから。ナポレオンに関する言明はみな、「ナポレオン」という言葉によって伝達される属性を述べているか、あるいはナポレオンについてこれまで信じられてきたことを変えうる新たに発見された資料（たとえば、ナポレオンが五月五日ではなく、五月六日に死んだことを示す資料など）について言及しているかのどちらかです。学術界が、そ

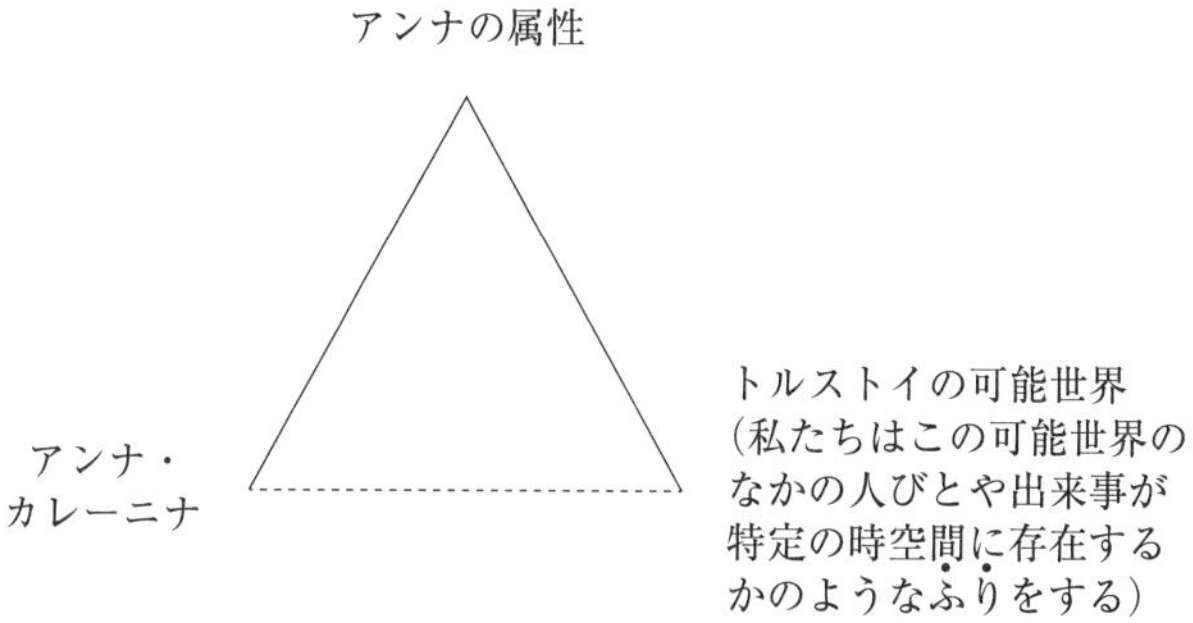

図4

の資料はPhEOだと確証した場合に限って、わたしたちは共通知識を修正することができます。つまり、記号対象としてのナポレオンに正しい属性を与えることができるというわけです。

ナポレオンが伝記物語（あるいは歴史小説）の主人公となった場合、ナポレオンに再び生が与えられ、ナポレオンの行動や感情が再現されます。この場合、ナポレオンはフィクションの登場人物に非常に近いものとなるでしょう。かれが本当に実在したことをわたしたちは知っています。しかし、ナポレオンの人生を見守るため、そしてナポレオンの人生に入り込むために、わたしたちはかれの過去の世界を小説の可能世界であるかのように想像するのです。

本当のフィクションの登場人物の場合は、どうでしょうか。たしかになかには「かつて」の時代に生きた人として紹介される人びともいます（たとえば、赤ずきんやアンナ・カレーニナなど）。しかし、先ほどお話ししたように、物語の協定によって、読者は語られることを真実として受け取り、物語の可能世界を自らの現実世界であるかのように生きるふりをしなければいけません。その物語が、現在生きているとされる人物（たとえばロサンジェルスで現在働いているある探偵など）について話しているのか、あるいは既に死んだとされる人物について話しているのかという違いは、重要ではありません。この世界でわたしたちの親戚が先ほど死んだと誰かに告げられるのと同じようなものです。親戚が先ほど死んだと告げられたとしても、わたしたちの経験世界ではまだその人は存在しているので、わたしたちはその人に変わらず感情移入するのです。

意味の三角形は、図4に示されたような形をとることもあります。この図を見ると、なぜ人がフィクションの可能世界の住人の話に、実在の人びとの話であるかのように、心を動かされるのかをよりよく理解できます。それは、愛する人が死ぬことを想像して心を動かされる理由に似ていますが、まったく同じではありません。愛する人が死ぬことを想像した場合、そのあとでわたしたちは日常生活に戻り、心配する必要は何もなかったことを認識します。しかし、ずっと空想のなかで生きつづけている人がいるとしたら、どうでしょうか。

フィクションの可能世界の住人に永久に感情移入しつづけるには、ふたつの条件が満たされる必要があります。（1）ずっと空想のなかで生きるのと同じように、ずっとフィクションの可能世界のなかで生きつづけること、そして（2）自分が登場人物のなかの誰かであるかのようにふる舞うことです。

「フィクションの登場人物は物語の可能世界のなかで生まれ、その後（揺れ動く人物になった場合は）別の物語に登場したり、揺れ動く楽譜に属したりするのだ」と先ほどわたしは述べました。また、「小説の読者によって常に結ばれる暗黙の協定によって、読者はフィクションの可能世界を真剣に捉えるふりをする」ということも述べました。そのため、強く引き込まれるような魅惑的な物語世界に出会うと、テクストのストラテジーによって、神秘的な恍惚や幻覚に似たようなものが引き起こされ、読者は自分が入り込んでいるのが単なる可能世界であることを忘れてしまう場合もあります。

このようなことはとりわけ、元々の楽譜、あるいは魅力的な新しいコンテクストのなかでわたしたちがフィクションの登場人物に出会うときによく起こります。しかし、これらの登場人物は「揺れ動く人物」なので、頻繁にわたしたちの頭のなかに現れたり消えたりします（J・アルフレッド・プルーフロックの頭のなかで、ミケランジェロについて話す女たちが現れたり消えたりするように）。かれらの魅力にうっとりしているうちに、かれらが自分たちの世界の人間であるように思ってしまうということは、いつでも起こりうるのです。

ふたつ目の条件についてお話ししましょう。自分の現実の世界であるかのように可能世界のなかに生きはじめると、自分自身が可能世界の住民として登録されていない事実に当惑してしまうということが起こりえます。可能世界はわたしたちとは何の関係も持ちません。わたしたちは、ジュリアン・ソレルの行方不明の銃弾のように、物語には関係のない存在としてそのなかを動き回るだけです。しかし、感情移入によって、わたしたちは、その可能世界に住む誰かの人格を自らのものとして引き受けようとします。このようにしてわたしたちはフィクションの登場人物の一人に自分を同一化させるのです。

愛する人が死ぬという想像から現実に戻るとき、わたしたちはその想像が真実ではなかったということを認識し、「愛する人は元気に生きている」という命題を真実だと捉えます。それとは対照的に、フィクションの幻想から現実に戻るとき（ポール・ヴァレリーのごとく「風が立ちぬ、いざ生きねば〈le vent se lève, il faut tenter de vivre〉」とつぶやき、自分たちがフィクションの登場人物であるかのようなふりをするのをやめるとき）、わたしたちは、アンナ・カレーニナが自殺をしたことや、オイディプスが父親を殺したことや、シャーロック・ホームズがベイカー・ストリートに住んでいることを変わらず真実だと捉えつづけます。

これはたしかにとても奇妙なことですが、よく起こることです。涙を流したあと、わたしたちはトルストイの本を閉じ、現実世界の場所と時間に戻ります。それでも、わたしたちはアンナ・カレーニナが自殺をしたと信じつづけるのです。「カレーニナがヒースクリフと結婚した」などと言う人がいれば誰であれ頭がおかしいと思うことでしょう。

こうした忠実な人生の友は、「揺れ動く人物」であるがこそ、永遠に変わりなく同じ人物でありつづけ、同じ行動の動作主でありつづけます（文化や学問の変遷に伴って修正されうるほかの記号対象物とは異なります）[54]。かれらの行動が変わらないゆえ、わたしたちは、かれらが特定の性質を持つことや、特定のふる舞いをすることを常に断言できます。クラーク・ケントはいまもこれからも永遠にスーパーマンなのです。

他の記号対象

かれらと同じ運命を有する者はいるのでしょうか。もちろんいます。あらゆる神話の英雄や神々、さらにはユニコーン、エルフ、妖精、サンタクロースなどの伝説上の存在、そして世界のさまざまな宗教によって崇められているほとんどすべての存在がそうだと言えます。当然のことですが、無神論者にとって、あらゆる宗教的存在はフィクションです。それに対して、何らかの宗教の信者にとっては、人間の五感では捉えられないけれど本当に存在する「超自然物」（神々や天使など）のスピリチュアルな世界があります。その意味で、無神論者と信者は二つの異なる存在論に依拠しています。しかし、もしローマ・カトリックの信者が「人格神は本当に存在する」と信じ、「「聖霊」が「父なる神」と「子なる神」から発する」と考えるなら、かれらはアラーやシヴァ、大草原のグレートスピリットなどを、宗教の物語によってつくり上げられた単なるフィクションと捉えるはずです。同じように仏教徒にとって聖書の神は架空の存在であり、イスラム教信者やキリスト教信者にとってアルゴンキン族のギチ・マニトゥ（偉大な神）は架空の存在です。特定の宗教の信者にとっては、あらゆるほかの宗教の崇拝対象物（つまりは圧倒的大多数の崇拝対象物）は架空の存在なのです。したがって、わたしたちはすべての宗教の崇拝対象物の約九〇パーセントをフィクションだと捉えていることになります。

宗教的な存在を指す言葉は、意味の上でふたつの指示対象を持ちます。キリスト教を信じていない人にとっては、イエス・キリストは、最初の千年紀初頭に三三年間存在した PhEO です。敬虔なキリスト教徒にとっては、イエスは非物質的なかたちで存在しつづけるものでもあります（一般的な想像では天国に存在していることになります）[55]。このようにふたつの指示対象を持つものはほかにもたくさんあります。普通の人びとが本当に信じていることについて例を挙げるとすれば、イギリス人のなかには（先ほどお話ししたように）シャーロック・ホームズが実在の人物だったと信じている人だっているのです。同じように、多くのキリスト教の詩人は、詩の冒頭で女神やアポロなどへ呼びかけることで知られています。かれらがただ単に文学的トポスを用いているのかオリュンポス山の神々を本気で信じているのかはわたしたちには分かりません。多くの神話の登場人物が小説の登場人物になっており、同じように、多くの世俗の小説の登場人物が神話の登場人物に非常に近いものになっています。伝説の英雄、神話の神々、文学の登場人物、宗教的存在の境界線はかなり不明確なものなのです。

フィクションの登場人物の倫理的な力

先ほどお話ししたように、フィクションの登場人物は、永遠に変わらず同じ行為の動作主でありつづけます（この点においてかれらは、文化や学問の変遷に伴って修正されうるほかの記号対象とは異なります。この点においてかれらと近いのは数学的なものだけかもしれません）。フィクションの登場人物が（特に道徳的観点で）わたしたちにとって重要なのは、まさにこの理由によります。

ソフォクレスの『オイディプス王』の舞台を見ているとしましょう。わたしたちは、オイディプスが、自分の父親に会い父親を殺すことになる道以外の道を選ぶことを強く願います。そして、「ああ、なぜかれはアテナイではなく、テーバイに行ってしまったのか」（アテナイに行けばフリュネやアスパシアと結婚できたのに）と思います。同じように、わたしたちは『ハムレット』を読むとき、「ああ、なぜこんな好青年が（卑劣な叔父を殺して母親をデンマークから追い出した上で）オフェリアと結婚して幸せに暮らすことができないのか」と思います。「なぜヒースクリフはもう少しだけ屈辱に耐え、キャサリンと結婚して田舎の裕福な紳士として暮らすのを待てないのか」。「なぜアンドレイ公爵は重傷から回復してナターシャと結婚できないのか」。

「なぜラスコーリニコフは学業を終え立派な社会人になる代わりに、老女を殺すという病的な考えを抱いてしまうのか」。「グレゴール・ザムザが哀れな虫になってしまったとき、なぜ美しいお姫様が登場してかれに口づけをしてプラハで一番の美男子に変身させてあげないのか」。「スペインの荒涼とした丘で、なぜロバート・ジョーダンはファシストどもをやっつけて、愛するマリアに再会することができないのか」。

理屈の上で言えば、わたしたちはこれらすべてのことを実現させることができます。ただ単に、これらの作品を書き直せばよいのです（『オイディプス王』『ハムレット』『嵐が丘』『戦争と平和』『罪と罰』『変身』『誰がために鐘は鳴る』など）。しかし、わたしたちは本当にそんなことをしたいと望んでいるのでしょうか。

願いに反してハムレットやロバート・ジョーダンやアンドレイ公爵が死ぬこと（つまりは読書中にわたしたちが何を願おうと物語は決まったなりゆきをたどるということ）を知って、打ちのめされるとき、わたしたちは「運命」というものを感じて震えます。エイハブが白鯨を捕まえられるかどうかは知りえないのだということにわたしたちは気づきます。『白鯨』の真の教えは、あのクジラは自分の行きたいところに行くだけだ、ということです。偉大な悲劇が人を引きつけるのは、その英雄たちが、残酷な運命から逃れず、むしろその淵（自らの行く末を知らないが故に自ら掘ってしまった淵）のなかに飛び込んでいくからです。そして、かれらがそうして闇雲に向かっていく先を知っているわたしたちには、かれらを止める術はありません。わたしたちは、オイディプスの世界を認識することができるので、かれやイオカステーのことを何でも知っています。しかし、かれらは、わたしたちの世界に依存した世界に住んでいるにもかかわらず、わたしたちのことを何も知りません。フィクションの登場人物は現実の世界の人々とコミュニケーションをとれないのです[56]。

このような問題を挙げるなんて不真面目だと思われるかもしれませんが、そうではありません。真剣に考えてみて下さい。オイディプスはソフォクレスの世界を認識できません（さもなくば、自分の母親と結婚などしないことでしょう）。フィクションの登場人物は不完全な世界に住んでいるのです。より無礼かつ政治的に不適切なもの言いをすれば、障害を抱えた世界に住んでいるのだと言えます。

しかし、わたしたちが本当の意味でかれらの運命を理解するとき、わたしたちは気づくのです。「現実世界に属しているわたしたちも、フィクションの登場人物が自らの世界について考えるのと同じようにこの世界について考えているのではないか。だからこそわたしたちも特定の運命を迎えてしまうのではないか」。わたしたちの世界観もフィクションの登場人物の世界観と同じように不完全なものであることをフィクションは示唆してくれます。だからこそ、出来の良いフィクションの登場人物は人間の真の性質を示す最たる例になりうるのです。

4　極私的リスト

わたしはカトリックの教育を受けて育ったので、連禱《れんとう》を暗唱したり聞いたりすることに慣れています。連禱は、その本質からいって、執拗な繰り返しに満ちているものです。連禱は、たいていい賛美の言葉のリストです。たとえば、聖母マリアの連禱を見てみると、「聖マリア（Sancta Maria）」「聖なる神の御母（Sancta dei genitrix）」「聖なる乙女（Sancta Virgo virginum）」「キリストの御母（Mater Christi）」「神の恵の御母（Mater divinae gratiae）」「清らかな御母（Mater purissima）」などと賛美の言葉が繰り返しつづきます。

連禱とは、電話帳やカタログと同じで、一種のリストであって、「列挙」の事例にあたります。小説を書きはじめたばかりのころ、わたしはまだ自分がいかにリスト好きの人間であるか気づいていなかったかもしれません。小説を五篇書き上げ、ほかにも数作文学作品をものしたいまとなっては、自分の作品に登場するリストの完璧なリストを作成できるほどの立派なリスト愛好者です。ですがいまここで、そんな一大事業に打って出る時間もないので、今日は、わたしの作品に出てくる数多のリストのなかからいくつかだけを引用するにとどめることにします。それにわたしは殊のほか謙虚な人間ですから、自分の作品のなかのリストを世界文学の歴史に名を連ねるリストの最高傑作のいくつかと比較してみたいと思います。

実務的リストと詩的リスト

まずはじめに、「実務的（実用的）」なリストの類いと、「文学的・詩的・美学的」なリストの類いのふたつを区別する必要があります（ちなみに、「美学的」リストは、「文学的」リストや「詩的」リストよりも広いカテゴリーです。世の中には、言語的なリストだけでなく、視覚的なリストや音楽的なリスト、身体的なリストがあって、「美学的」リストにはそうしたものも含まれます）。[57]

実務的リストの例としては、買い物リストや、図書館の蔵書目録、特定の場所（たとえば会社やアーカイブ、博物館など）の保管・収蔵目録、レストランのメニュー、さらには、ある特定の言語の語彙を網羅的に記載した辞書などが挙げられます。こうしたリストの機能は、単に何かを指し示すことにあります。リストに列挙されている項目は、それぞれに何らかの実在の物を指し示しているからです。そして、もしもリスト内の項目に対応する物が実在していなければ、そのリストは、単なる虚偽の文書になってしまうことでしょう。実務的なリストは、実在するもの（つまりどこかに物理的に存在するもの）を記録するものですから、有限です。そのため、実務的なリストは勝手に変更がきかないのです。ある美術館の収蔵品目録のなかに、そこに収蔵されていない絵画を入れるなどということをするのは無意味です。

それとは対照的に、詩的なリストは開かれているものであって、何らかのかたちで、リストの最後に「その他諸々」が付くことを前提としています。詩的なリストは、人びとや物、出来事などの列挙が無限につづきうることを意図的にほのめかします。そのようなほのめかしをする理由は以下のふたつです。（1）物の数が多すぎてすべてを記録しきれないと作者が自覚している、（2）終わりのない列挙を作者が楽しんでいる（その快感は、純粋に聴覚的なものである場合もあります[58]）。

実務的なリストは、何らかのまとまりを成しています。さまざまな物の集合に統一性があたえられているのです。実務的なリストのなかで挙げられているさまざまな物は、それぞれが互いにどんなに異なっていても、「文脈の圧力」に従います。つまり、単に同じ場所にあるという共通点や、単に同じプロジェクトの目標であるという共通点（たとえばパーティーの招待客リストがそれにあたります）によって、一連の物は互いにつながりを持つのです。実務的なリストが支離滅裂であるということはありえません。どのような基準で物が列挙されているのかが分かるかぎり、実務的なリストは支離滅裂ではありえないのです。たとえば、ソーントン・ワイルダーの小説『サン・ルイス・レイ橋』に登場する人物たちには、互いに何の共通点もありませんが、橋が崩れ落ちる瞬間そこを渡っていたという「偶発的事実」によってつながっています。

実用的なリストの良い例としては、モーツァルトの『ドン・ジョヴァンニ』でレポレッロが歌う有名なリストがあります。ドン・ジョヴァンニは、村の女や娘、町の淑女、伯爵夫人、男爵夫人、侯爵夫人、王女など、膨大なありとあらゆる身分・容姿・年齢の女性たちを誘惑しました。しかしレポレッロは、正確にその記録を付けていますから、そのリストは数学的に完璧です。

イタリアでは六四〇人、
ドイツでは二三一人、
フランスでは一〇〇人、トルコでは九一人、しかしスペインではその数すでに一〇〇三人。

その合計は二〇六五人であって、それ以上でも以下でもありません。もしドン・ジョヴァンニが翌日にドンナ・アンナやツェルリーナを誘惑したとしたら、それは新たなリストとなるのです。

ひとがなぜ実用的リストを作るかは明らかです。しかしなぜひとは詩的なリストを作るのでしょうか。

列挙の修辞

先ほど述べたように、作家がリストを作るのは、書こうとしている一連の物があまりに数多くて書ききれないとき、あるいは、さまざまな物を指し示す言葉の音そのものに魅了されているときです。後者の場合は、「指示対象」や「記号内容（シニフィエ）」のリストではなく、「記号表現（シニフィアン）」のリストになります。

たとえば、マタイによる福音書の冒頭、イエスの系図に関する記述を思い出してみましょう。そこで列挙されるイエスの先祖が歴史的に実在したかを疑うのは自由です。しかし、マタイ（あるいはマタイの代わりに福音書を書いた人物）が、自分の信じる世界に「本物」の人間たちを登場させたかったのだということには疑いの余地がありません。そうすることでマタイは、リストに実用的な価値と指示の機能をあたえようとしたのです。それとは対照的に、聖母マリアの連禱は、マントラと同じように唱えられるべきものです（聖母マリアの連禱は、マリアの性質の列挙であり、聖書の文章から引用されている部分もあれば、伝統や民間信仰に由来する部分もあります）。「オムマニペメフム」と唱え続ける仏教の「六字大明呪」と似たようなものです。マリアが「強い（potens）」のか、あるいは「慈悲深い（clemens）」のかは、さほど重要ではありません（いずれにせよ、第二ヴァチカン公会議までは、信者たちはラテン語で連禱を唱えていました。ほとんどの信者はラテン語を理解しないにもかかわらずです）。重要なのは、そのリストの催眠術のような響きにひとが心奪われるということです。「諸聖人の連禱」も同様です。重要なのは、どの名前がリストに挙っているかではなく、十分長い時間にわたって心地よいリズムで諸聖人の名前が唱えられているということなのです。

古代の修辞家たちによって分析・定義されたのは主にこちらの動機です。かれらが検証した多くのリストにおいては、果てしない膨大な量を示唆するという目的はさほど重要ではありません。むしろ物のさまざまな性質を、次つぎ唱え上げるという目的のほうが重要なのです（そして、多くの場合、それは反復への純粋な愛によって作られています）。

リストにはさまざまなかたちがありますが、その多くは、「列叙法（accumulatio）」によって成り立っています。「列叙法」とは、言い換えれば、概念上同じ領域に属する言葉をあれこれ連ねたり組み合わせたりすることです。そうした「列叙法」のひとつのかたちとして、「列挙法（enumeratio）」なるものがよく知られています。「列挙法」は中世の文学によく登場します。そうした「列挙法」のリストのなかの言葉は、一貫性や同質性を欠いているように見えることもあります。そうしたリストの目的は、神のさまざまな性質を述べることだからです（そして、偽ディオニシウス・アレオパギタが言うように、「互いに異なるさまざまなイメージを連ねることによってしか神を描写することはできない」と考えられていたからです）。だからこそ、五世紀にエンノディウスは、キリストについて以下のように書いたのです。キリストは「源泉であり、道であり、正義であり、石であり、獅子であり、光を運ぶ者であり、子羊である。扉であり、希望であり、美徳[redacted]葉であり、叡智であり、預言者である。犠牲者であり、若芽であり、羊飼いであり、山であり[redacted]あり、鳩である。炎であり、巨人であり、鷲であり、伴侶であり、忍耐であり、蠕虫である」[redacted]ようなリストは、聖母マリアの連禱と同様に、「賞讃」あるいは「賛辞」とよばれます。

「列叙法」のもうひとつ別のかたちとしては、[redacted]集め（congeries）」[redacted]ります。「寄せ集め」とは、同じことを意味する語句の連なりです。そ[redacted]は、同じことが[redacted]なる言葉で繰り返し述べられます。「演説の増幅法」の原理と同じです。「[redacted]説の増幅法」の[redacted]としては、ローマの元老院議会でキケロが行った最初のカティリナ弾劾演説（紀元前六三年）が有名です。「カティリナよ、いったいいつまで、お前はわれわれの忍耐につけこむつもりなのか。いつまでお前はその狂気でわれわれを愚弄しつづけるのか。いつまでお前は放埒で不遜な態度を誇示しつづけるつもりなのか。パラティヌスの丘を守る夜警や、町中に配置された見張り、民衆の警戒。厳重に警備された場所に元老院が召集されたこと。ここにいる人々の眼差しや表情。これらはお前に何の動揺ももたらさないのか。自分の計画がすでに見破られていることに、お前は気がつかないのか。自分の陰謀が、この場にいる皆にすでに知れ渡っており阻止されているということが、分からないのか[60]」。こんな調子で、このあともまだつづきます。

それと少し異なるかたちとして、「増大（incrementum）」というのがあります。これは、「漸層法（climax）」や「上昇（gradatio）」という名でも知られています。このタイプは、概念上は同じことを繰り返し言っているのですが、一文ごとに、何かを更に付け加えたり、語調を強めたりします。この例も、やはりキケロの第一カティリナ弾劾演説に見いだすことができます。

「お前がすること、お前が企てること、お前が考えることのなかで、私の耳に入らないものは何もない。そればかりか、そのなかで私の目に入らぬものや私が詳しく知らぬものすら何もないのだ[61]」。

古典的な修辞学は、「首句反復」による列挙と、「接続詞省略」あるいは「接続詞畳用」による列挙とを分けて定義しています。「首句反復」は、文の頭や詩行の頭で何度も同じ言葉が繰り返されるものです。これは必ずしもわたしたちがリストとよぶものとはかぎりません。ヴィスワヴァ・シンボルスカの「可能性」という詩に「首句反復」の美しい例が見られます。

私は好き、映画のほうが。
私は好き、猫のほうが。
私は好き、ヴァルタ川沿いの樫の木のほうが。
私は好き、ドストエフスキーよりディケンズのほうが。
私は好き、人類を愛する自分より、人間好きな自分のほうが。
私は好き、糸と針はいつも用意しておくほうが。
私は好き、緑色のほうが。[62]

同じ調子で、この後もさらに二六行つづきます。
「接続詞省略」は、一連の要素をつないでいる接続詞を省く修辞的技法です。その良い例が、アリオストの『狂乱のオルランド』の有名な冒頭です。「淑女、騎士、戦い、愛／騎士道、武勲、それらを我は歌う[63]（Le dame, i cavalier, l'arme, gli amori / le cortesie, le audaci imprese io canto）」。

「接続詞省略」の反対は「接続詞畳用」です。「接続詞畳用」では、接続詞によって、すべての要素がつながれます。ミルトンの『失楽園』の第二巻九四九行目は接続詞省略の例として、その次の九五〇行目は接続詞畳用の例として挙げることができます。

> 頭、手、翼、あるいは足で、己の道を辿る
> そして時として、泳いで、あるいは沈んで、あるいは渉《わた》って、あるいは這って、あるいは飛んで

しかし、伝統的修辞学には、リストの「眩暈がするほどの貪欲さ」のようなものについての定義は特にありません。「眩暈がするほどの貪欲さ」とは、さまざまなものを列挙した非常に長いリストにとりわけ強く感じられるものです。例として、イタロ・カルヴィーノの小説『不在の騎士』のなかの一節を見てみましょう。

> ご容赦ください。わたしたちは田舎者なもので〔…〕この目で見たことのあるものと言えば、

せいぜい、礼拝や三日祈禱に九日祈禱、畑仕事や麦打ちに葡萄摘み、使用人への鞭打ちに近親相姦、火事に縛り首に侵略軍、略奪、強姦それに疫病くらいなのですから[64]

むかし中世美学について学位論文を書いていたころ、随分と中世の詩を読んで、中世には列挙がいかに愛されていたかということを発見しました。たとえば五世紀に生きたシドニウス・アポリナリスによる都市ナルボンヌの賞讃を見てみましょう。

Salve, Narbo potens salubritate, urbe et rure simul bonus videri, muris, civibus, ambitu, tabernis, portis, porticibus, foro theatro, delubris, capitoliis, monetis, thermis, arcubus, horreis, macellis, pratis, fontibus, insulis, salinis, stagnis, flumine, merce, ponte, ponto; unus qui venerere iure divos Lenaeum, Cererem, Palem, Minervam spicis, palmite, pascuis, trapetis.[65]

こうしたリストを鑑賞するために、ラテン語の知識は一切必要ありません。重要なのは、この列挙の執拗さなのです。リストのテーマ（この例では、街のさまざまな建築物）は重要ではありません。良きリストの唯一かつ真の目的は、「その他諸々」の果てしなさと眩暈の感覚を伝えることなのです。

その後、歳を取り賢くなるうちに、ラブレーとジョイスのリストを発見することになります。両名のリストは、それぞれ膨大な作品の大きな部分を占める非常に長大なものですが、それぞれ一カ所ずつだけ、引用させていただきます。両名のリストはわたしの作家としての成長に決定的な影響を与えているので、このモデルに触れずしてリストについて話すことはできないのです。

最初のリストは『ガルガンチュワ物語』からです。

そこで、彼は、次のような遊びをした。同色揃え、四枚合わせ、諸手取り、奪い合い、大勝利、ラ・ピカルディー、百点稼ぎ、合戦、乞食、盗賊《どろぼう》、十点越し、三十一、揃いと続き、三百点、素《す》寒貧《かんぴん》、宣言、札めくり、貧乏暇なし、ランスクネ、無一物、話し合い、続き札、結婚、一揃い、拷問、変り親、色集め、イスパニヤ加留多《かるた》、イタリヤ加留多、大馬鹿三太郎《コカンベール》、当てはずれ、責め苦、父子代々、幸運、絵札揃え。指当て、西洋将棋、狐と牝鶏、十字将棋、白牛黒牛、白駒、点取り骰子《さい》、三《み》つ骰子《ざいころ》、戦争将棋、よいとこどっこい、ひっかけ、女王、スバラリノ、進めや進め、四隅積み、打ち倒し、神も仏《ほとけ》もあるものかい、相対死《あいたいじに》、西洋碁、ぶうぶう、一番二番。短刀当て、鍵《かぎ》投げ、命中ごっこ、丁か半か、裏か表か、小石遊び、おはじき、球打ち、靴探し、ふくろうごっこ、兎狩り、百足《むかで》あそび、小豚追い、鵲《かささぎ》跳び、角《つの》あそび、飾り牛ごっこ、鳥啼《とりな》きあそび、にらめっこ、くすぐりっこ、蹄鉄替え、はいしい・はいしい、走れよ小馬、俺は坐った、黄金髭あそび、うらなりごっこ、串抜き、市《いち》あそび、袋借り、山羊《やぎ》だま打ち、球当て、マルセイユ無花果《いちじく》、蠅追い、盗賊退治、狐の皮はぎ、橇《そり》あそび、脚相撲、燕麦売り、火吹きあそび、かくれんぼ、急ぎ裁判は死に裁判、火箸抜き、にせ百姓、鶉《うずら》あそび、せむしごっこ、みつかった上人、つまみごっこ、逆立ち、尻蹴《しりけ》り、トリオリ踊り、輪飛び、穴入れ、ぎっこんばったん腹合わせ、桝《ます》あそび〔…〕66

こんな調子で、このあともまだまだつづきます。

次に引用するリストはジョイスの『ユリシーズ』からで、（一〇〇頁以上にもわたる）第一七挿話のほんの一部分です。ここで列挙されているのは主人公ブルームが台所の棚の引き出しのなかに見つけたさまざまな物の一部分です。

鍵をあけた最初の引出しに何がはいっていたか？　ヴィア・フォスター習字帳一冊、これはミリー（ミリセント）・ブルームの所有物で、うち数ページに《パパちゃん》と題した線画があって、五本の毛髪の突っ立った大きな丸い頭、横から見た二つの眼、大きなボタンが三つついている真正面を向いた胴体、三角形の足一本を示していた。色褪せた写真二枚、すなわちイギリス王妃アレグザンドラと、女優兼職業的美人モード・ブランズカム。クリスマスカード一枚、そこに一本の寄生植物の絵、《ミズパー》の伝説、一八九二年のクリスマスの日付、贈り主の名前ミスタおよびミセス・M・カマフォード、韻文の詞《ことば》書き《このクリスマスがあなたに与えますように、喜びと平和と楽しみを》。融けかかった赤い封蠟《ふうろう》のかけら、これはデイム通り八九、九〇、九一番地の株式会社ヒーリー印刷所販売部で入手したもの。J金ペン先一グロスの使い残りがはいっている箱一つ、これも同じ会社の同じ販売部で入手したもの。古い砂時計一個、砂の落下につれて回転するもの。封印した予言一通（ついに開封されず）、これは一八八六年にレオポルド・ブルームが書いたもので、ウィリアム・ユーアート・グラッドストンの一八八六年の自治法案（ついに通過せず）通過後の形勢が予見してある。聖ケヴィン教会慈善市の入場券一枚、二〇〇四番、価格六ペンス、当り籤百本。小児の書簡一通。日付け、マンデイのmは小文字、内容は次のとおり。大文字のPでパパちゃん、コンマ、大文字のHでハウ・アー・ユー、疑問符、大文字のIでアイ・アム・ヴェリー・ウェル、終止符、改行、花文字の署名、大文字のMでミリー、終止符なし。カメオのブローチ一個、所有主エレン・ブルーム（旧姓ヒギンズ）はすでに死亡。カメオのタイピン、所有者ルドルフ・ブルーム（旧姓ヴィラーグ）はすでに死亡。タイプで打った手紙三通、受信人はウェストランド通り局気付ヘンリー・フラワー、発信人はドルフィンズ・バーン局気付マーサ・クリフォード。アルファベット文字左右交互逆綴式句読点つき四行区分秘密用略号（母字省略）に書きかえた上記三通の手紙の発信人の氏名住所はN．IGS．／WI．UU．OX／W．OKS．MH／Y．IM．イギリスの週刊誌《モダン・ソサエティ》の切抜き一枚、論題は女学校における体罰。ピンクのリボン一本、これは一八九九年の復活祭の飾り卵に巻いてあったもの。巻きが多少ゆるんだ予備ポケットつきゴム製予防具二個、これはロンドン市中央西区チャリング・クロス郵便局私書函三十二号から通信販売で購入したもの。透し入り薄罫《うすけい》便箋とクリームいろの透し筋入り封筒一ダースのうち三枚はすでに減っているもの一束。類別されたオーストリア＝ハンガリーの硬貨数個。国王特許ハンガリー富籤クーポン二枚。低倍率の拡大鏡一個[67]〔…〕

ラブレー並みのリスト大好き人間であるわたしは、こうしたリストに影響を受けて、一九六〇年代の初めころ、息子（当時一歳でした）に一通の手紙を書きました。成長したらちゃんと筋金入りの平和主義者になるように、できるだけ早い時期から、山のようにたくさんのおもちゃの武器をプレゼントしてあげたい、と手紙に書いたのです。以下は手紙のなかで私が列挙した武器の数々です。

きみに銃を贈ろう。二連式。連発式。軽機関銃。大砲。バズーカ砲。サーベル。完全武装したミニチュア兵士の軍隊。跳ね橋付きの城。包囲攻撃すべき要塞。トーチカ、弾薬庫、戦艦、ジェット戦闘機。重機関銃、短剣、リボルバー。コルト、ウィンチェスター、ライフル、シャスポー銃、カルカノM91、M1ガーランド、榴弾砲、カルバリン砲、対戦車砲、弓、パチンコ、石弓、鉛の弾、カタパルト、火矢、手榴弾、投石機、刀、古代ローマの投げ槍、モリ、斧槍、移乗攻撃用の鉤。それに八銀貨、あのフリント船長のやつだ（のっぽのジョン・シルバーとベン・ガンを偲んでこれを贈ろう）。ドン・バレーホ[68]お気に入りの剣、それからトレド剣。拳銃三丁並の威力で、モンテリマール侯爵[69]をひと突きで即死させたやつだぞ。それから、シゴニャック男爵[70]が恋人イザベッラを奪おうとした不心得者をナポリ戦法で倒したときのやつだ。古代の戦斧、中世の長槍、とどめの短剣ミセリコルデ、ジャワの短剣クリス、投げ槍、ペルシアの新月刀に石弓棒、それに仕込み杖、あのジョン・キャラダインが地下鉄の給電用レールの上で感電死したときに持っていたみたいなやつだ（あの名場面を覚えていないとしたら、残念なことだ[71]）。カルモーやヴァン・シュティラー[72]も真っ青の船刀、ジェームズ・ブルック卿も手にしたことのないようなアラベスク模様の拳銃（こんな見事な拳銃をジブルック卿が持っていたら、あのいつも煙草をくわえてせせら笑いを浮かべるポルトガル人[73]には降参しなかっただろう)。それから三角刃の短剣、ほら、うっとりするようなクリニャンクールの夕映えのなかで、ウィリアムズ卿の書生が、あさましい老婆フィパートに対する母親殺しを果たしてうちひしがれている刺客ザンパを殺すのに使ったあれさ。それに「苦悩の梨」も。ボルフォール公爵がマザランの怒った顔を思い浮かべながら、長年鉛の櫛で念入りに磨きをかけた魅力的な鳶色のひげをなびかせ、馬で去って行くときに、看守ラ・ラメーの口にはめこまれているあれだ。それから釘をつめた口装銃。キンマの葉で赤く染まった歯の男たちが使うようなやつだ。それから銃床が真珠層の銃。これは、つやつやした毛に引き締まったひかがみをしたサラブレットの馬上で握るのがふさわしい。ノッティンガムの州長官を蒼白にさせるくらい、目にも留らぬ矢を放つ弓。それから皮はぎナイフ。ミネハハとかヴィネトゥ[74]なんかが持っているやつだ(君はバイリンガルだからヴィネトゥだって知っているだろう)。怪盗紳士が燕尾服に忍ばせておいてぶっぱなす小さくて平たいピストルとか、マイケル・シェーン風の、ポケットが重みでずっしりくるような、でなければ大きくて腋の下がふくらむようなルガー拳銃もあるぞ。それからまだ銃ならある。とにかく銃だ。リンゴ・キッドの銃に、ワイルド・ビル・ヒコックの銃、サンビリオン[75]のみたいな前装砲の銃だって。武器だよ。要するに、わが子よ、山ほどの武器だ、武器だけだ。それが毎年きみのクリスマスに届くというわけだ。[76]

『薔薇の名前』を書きはじめたころ、わたしは浮浪者や泥棒、流浪の異端者に関するさまざまな呼び名を中世の書物から拝借しました。それは、一四世紀のイタリアに蔓延していた社会的・宗教的混乱の感覚を読者に伝えるためでした。当時こうした風変わりなはみ出し者が数多くいたことはわたしがこの呼び名のリストを作った正当な理由になりますが、それにしても、わたしが「単なる音（flatus vocis）」への愛、純粋な「音の快楽」のために、この「ごた混ぜ」を膨らませていったことは明らかです。

故郷の村から逃げ出したときの話や、世界を放浪していたときの話をかれは舌足らずな言葉で語ってくれた（その不明瞭な言葉を理解するため、わたしはプロヴァンス語やイタリア半島各地の言語に関する自分の乏しい知識を呼び起こさねばならなかった）。かれの話のなかには、わたし自身が旅の途中で知り合った人びとや出会った人びとが、数多く出てきた。いま思い返してみると、その後になってわたしが知り合った人びとも話のなかに数多く出てきていた〔…〕

〔…〕サルヴァトーレはさまざまな地をめぐって旅を重ねた。故郷のモンフェッラートからリグーリアへ、さらにはプロヴァンスを通って北へ進み、フランス王の領地へと渡った。サルヴァトーレは世界をさまよった。施しを求めたり、盗みを働いたり、病人のふりをしたりしながら、さまよった。そして、あちこちの領主にしばらく仕えては、また森のなかや街道へと旅立っていった。サルヴァトーレの話を聞きながらわたしは、かれがさまざまな種の放浪者たちと一緒にいる姿を思い浮かべた（ヨーロッパをさすらうそうした放浪者たちは、その後、年を追うごとにますます数を増していった）。偽修道士、香具師《やし》、詐欺師、ペテン師、乞食、貧乏人、癩病者、不具者、行商人、旅芸人、大道歌手、放浪僧、放浪学生、賭博師、軽業師、怪我を負った傭兵、異教徒から逃れ、打ちひしがれたようにさまようユダヤ人、狂人、追放された者、耳を切り落とされた罪人、男色者たちの群れ、それらに混ざって放浪する職人たち、機織《はたおり》職人、鋳掛《いか》け屋、椅子職人、研ぎ師、藁編み職人、左官、さらには、あらゆる種類の悪党たち、いんちき賭博師、やくざ者、悪漢、ちんぴら、ごろつき、ならず者、いかさま師、たかり、いんちき占い師、騙り、無頼漢、聖職売買や賄賂に手を染める聖堂参事会員に司祭たち、さらには他人の信心につけこんで生計を立てる者たち、すなわち教皇印璽の偽造者、免罪符売り、教会の入り口に寝そべる偽中風病み、修道院を逃げ出した者たち、聖遺物売り、贖い師、占い師、手相師、霊術師、祈禱師、偽托鉢僧、そして、ありとあらゆる種類の姦淫者、甘言や暴力で尼僧や少女を堕落させる者たち、浮腫・癲癇《てんかん》・痔核・痛風・裂傷・

精神錯乱などさまざまな病気を装う者たち。身体じゅうに膏薬をつけて不治の潰瘍を装う者、血の色の物質を口のなかいっぱいに含んで肺病の喀血に見せかける者、手足に問題があるふりをして不必要な杖をつく者や、癲癇・疥癬・横根・腫瘍などを装う者、包帯を巻きサフラン液を塗り、手には鉄鎖、頭には包帯を巻き、悪臭を漂わせながら教会に入る者、広場でいきなり倒れる者、よだれをたらして白目をむく者、桑の実の汁と朱でつくった血を鼻の穴から吹き出してみせる者。そうすることによってかれらは、施しについての教父たちの言葉を人びとに思い出させ、良心ある人びとから食べ物や金をもぎとるのだった。「飢えた者にパンを分け与えよ、家のない者を自らの家に招き入れよ、キリストを看病し、キリストを迎え入れ、キリストに服を着せよう。水が火を消すように、施しは罪を清めるのだから」。

いまここで語っている出来事が起きてからかなりの年月がたってからも、ドナウ川流域一帯でわたしはこうした輩を数多く見かけたし、いまでも数多く見かける。かれらは、悪魔のごとく細かに分類され、さまざまな名で呼ばれていた〔…〕それは世界のいたるところに流れ渡る泥水のようであった。そして、そのなかには、正しき信仰を説く聖職者も、新たな餌食を求める異端者も、対立を煽る扇動者も混ざっていた〔…〕

〔…〕そして、サルヴァトーレは、悔悛を説くさまざまな教派の集団に加わった。かれはそれらの教派の名を正しく言えていなかったし、その教義についても正しく説明できていなかったが、おそらく、パタリーニ派やヴァルド派の者たちに出会ったのだろう。カタリ派やアルノルド派や謙譲者集団の者にも出会ったのかもしれない。世界中を放浪するうちに、サルヴァトーレはさまざまな分派を渡り歩き、次第に自分の放浪生活を宗教的使命であると思うようになったのだろう。そして、それまでは自分の胃袋のためにしていたことを神のためにするようになったのだろう。[77]

形とリスト

リストと記号論を結びつける可能性についてよく考えはじめたのは、もっとあとになってからのことで、フランスの芸術家アルマンの『集積』について書いているときでした。『集積』は、プラスチックの容器にさまざまな種類の眼鏡や腕時計を詰め込んだアサンブラージュの作品であり、有形のリストとして見ることができます。そのとき、わたしはホメロスの作品についても考えました。文学の表現手段としてのリストが最初に現れたのはホメロスの作品だからです。[78] それは、『イリアス』第二歌のなかに出てくるリストで、一般的には「軍船表」とよばれています。実は、ホメロスは、この作品のなかで美しい対比を作り出しています。それは、「形」（完結しているもの）と「リスト」（不完全で、無限につづきうるもの）との対比です。「形」（完結しているもの）の例は、『イリアス』の第一八歌におけるアキレウスの盾の描写に見ることができます。ヘーパイストスは、この巨大な盾を、五つの部分に分け、多くの人びとが住むふたつの都市を描いています。

ひとつ目の都市については、婚礼の祝宴の情景を描き、それから民衆が裁判のために広場に集まっている様子を描写します。ふたつ目の都市については、城が包囲されている情景を描きます。城壁の上では、妻たちや、若い娘、老人らがその様子を見ています。ミネルウァに率いられて進軍した敵は、人びとが家畜を河原に連れて行くのに合わせて、待ち伏せの準備をします。そして激しい戦いが繰り広げられます。そののちヘーパイストスは丹念に耕された肥沃な穀物畑を彫り出します。そこでは農夫たちが牛を引き連れて端から端へと畑を鋤いています。そののちヘーパイストスは、葡萄が豊かに実る葡萄園を描きます。枝は黄金に輝き、蔓は銀の支柱で仕立てられており、練鉄の垣に囲まれています。次に描かれるのは、黄金と錫で造られた牛の群れが、蘆の茂る川の岸を牧草地へむかって駆けて行く様子です。そこに突然、二頭の獅子が現れ、牛の群れに襲いかかり一頭の牡牛に嚙み付きます。そして、痛ましい呻き声をあげる牡牛を引き摺っていきます。牛飼いらが犬と共に近づくと、獅子たちは既に牡牛を嚙み裂き、臓腑まで啜っています。犬はただそれにむかって虚しく吠えることしかできません。そして、ヘーパイストスが最後に描くのは、牧歌的な谷間と羊の群れです。そこには、小屋や牧場、若い男女が踊る姿も描かれています。娘たちは、薄衣を身にまとい、美しい花輪を冠っています。男たちは、胴着をまとい、黄金造りの短剣を腰に携えています。そして若者たちは轆轤《ろくろ》のように舞い続けます。人びとが踊りを見物しているところへ、三人の軽業師が現れ、技を披露しながら歌います。盾の縁全体には大河オケアノスがすべての情景を囲むように描かれており、それによって盾がひとつの独立した世界になっています。

この要約は不完全なものです。盾に描かれている場面があまりに多いからです。ヘーパイトスが顕微鏡レベルの微細な金細工を施したとでも考えないかぎり、この盾の全体像をあらゆる細部まで含めて視覚的にイメージすることは困難です。おまけにこのホメロスによる盾の描写は、空間だけでなく時間とも関わっています。まるで映画のスクリーンや漫画のコマを描写するかのごとく、さまざまな出来事が次つぎ描写されているのです。この盾の完璧な循環性は、「それ以外には何もない」ということを示しています。つまりこの盾の描写は、「有限」のかたちなのです。

ホメロスがこの盾を思い描くことができたのは、同時代の農業や軍隊の文化に通暁していたからです。自分の世界を熟知していたのです。しかもその世界における法則や因果関係を熟知していました。だからこそかれはその世界に「かたちをあたえる」ことができたのです。

第二歌でホメロスは、ギリシア軍の強大さを読者にイメージさせようとします。そして、海岸沿いにずらりと連なり、トロイア勢を恐怖に陥れるギリシア勢の数がいかに膨大であるかを伝えようとします。まずはじめにホメロスは、雷のように空を飛び交う雁や鶴の大群にギリシア勢を喩えてみます。しかし、こうした比喩を使ってみてもギリシア勢の強大さは表現しきれません。そこで、ホメロスは、ムーサ（女神）たちに助けを求めます。

> オリュンポスに住まう女神たちよ、いまこそ、わたしに語りたまえ。われらは誰かから伝え聞くことでしか物事を知ることができないが、女神である御身は、あらゆる場所で、あらゆる物を見ることができるのだから。ダナオイ勢を率いる将領たちはいかなる人々だったのか、語りたまえ。たとえ、わたしに十の舌があろうとも、嗄れぬ声や、青銅の胸があろうとも、かくも多数の兵士たちの名をすべて挙げて語ることなど不可能なのです。ああ、オリュンポスの女神たちよ、アイギスを持つゼウスの姫君たちよ、御身が語って下さらねば、わたしには語れますまい。されば、わたしは、軍船を率いる指揮官たち、そして軍船の数を余すことなく語るとしましょう。[79]

これは、一見、手っ取り早い方法に思われるかもしれません。しかしこのあとホメロスは、延々およそ三〇〇行（原典での行数）にわたって、一一八六隻の軍船を列挙するのです。このリストは、すべての軍船とその指揮官を余すことなく列挙しているので、「有限」であるように見えます。しかし、何人の兵士が各指揮官に仕えているのかをホメロスは言うことができません。したがってかれがここで示している数はやはり「無限」なのです。

言い表せないもの

ホメロスの船の目録は、素晴らしいリストの例であるだけではありません。それは「言い表せないもののトポス」とよばれてきたものでもあります[80]。こうしたトポスはホメロスの作品のなかに何度かあらわれます（たとえば、『オデュッセイア』第四歌、「オデュッセウスの果たした偉業をすべて挙げることなど、とてもできません……」という部分）。そして、言い挙げるべき物事や出来事が無限にあることに直面すると、ときにホメロスは沈黙を選ぶこともあります。ダンテの場合は、天国にいる天使の名前をすべて挙げることは不可能であると感じます。それがどんなに膨大な数なのかが分からないからです（『天国篇』の第二九歌では、人間の頭では及びもつかない数であると書かれています）。だからこそ、「言い表せないもの」に直面したダンテは、不完全な名前のリストを作るよりも、「言い表せない」という恍惚の感覚を表現することを選ぶのです。数えきれないほどの天使がいることを伝えるのに、ダンテは、ある有名な伝説を暗示します。それは、チェスの発明者が古代インドの王に、発明の褒美を求めたときの話です。その者は、チェス盤のひとつ目のマスについて一粒の小麦を、ふたつ目のマスについて二粒を、三つ目のマスについて四粒をと倍々に増やしていって、六四番目のマス目の分まで小麦をもらうことを要求しました。それは天文学的な数に達します。この話を暗示して、ダンテは天使の数についてこう書きました。「その数は、チェス盤のマス目ごとに数を倍にしていって得られる莫大な数よりもさらに大きかった」[81]。

まだ十分に知らない（あるいは永久に知りえない）膨大な何か、未知の何かに直面したときに作家がとる方法はほかにもあります。それは、膨大な何かのひとつの標本や例、あるいは指標としてリストを提示し、あとはすべて読者の想像に任せるという方法です。

わたしの小説のなかにも、「言い表せないもの」の感覚に圧倒されたがためだけにリストを挿入した箇所が少なくとも一カ所あります。ダンテのように天国を観光していたわけではありません。わたしの観光はもっと世俗的なもので、南太平洋の珊瑚礁を遊覧していたのです。それは『前日島』を執筆していたときのことでした。この地域の珊瑚や魚の豊富さ・種類の多さ・そして信じられない色彩の数々を言葉で言い表すことのできる人間など、この世に存在しないだろうという感覚をそのときわたしは抱きました。たとえもしそれを言い表せたとしても、一七世紀に南太平洋で難破し、おそらくはその珊瑚礁を目にした最初の人間であるロベルト（わたしの小説の主人公）は、その恍惚を言い表す言葉を見つけることはできなかったはずです。

そのときわたしが直面した問題は、南太平洋の珊瑚には無限の色合いがあるということでした（他の海の貧弱な珊瑚しか見たことがない人には、想像もできないほどの数です）。眼前抽出法（hypotyposis）という修辞の手段を用いて、その色を言葉で表すしかありませんでした。難しかったのは、同じ言葉を二度使ったり類義語を探したりすることなく、膨大な数の色を多様な言葉で表すことです。

以下に引用するのは、そのときわたしが作成した珊瑚（および魚）と言葉の二重のリストの一部です。

最初は斑点のようなものしか見えなかった。しばらくすると、霧に包まれた夜の海を進む船乗りの眼の前に突如として絶壁が姿を現すときのように、ロベルトの真下に深淵の縁が姿を表した。

ロベルトは、マスクを外し、水を出してからまた手で顔に押しつけ、ゆっくり水を蹴りながら、先ほど見えた驚くべき光景に近づいていった。

それは珊瑚だった！　ロベルトのメモには、初めて珊瑚を見た瞬間の驚きと戸惑いが記されている。それは、織物屋のなかにいるかのような光景であった。目の前で次つぎとさまざまな布が広げられる。薄絹《センダル》、薄琥珀《タフタ》、錦、繻子《サテン》、緞子《ダマスク》、天鵞絨《ビロード》、蝶結び《リボン》、房飾り、裾襞、それから、頸垂帯《ストラ》、大外衣《カッパ》、司祭礼服《カズラ》、助祭礼服《ダルマティカ》も。しかし、これらの布地は生きているのだ。

そして、まるで東洋の踊り子のような艶かしさで、自ら動いているのだ。

ロベルトはこの光景を詳しく描写していない。いままでまったく目にしたことのないような光景であるがゆえ、何かの記憶に頼ってそれを言葉で言い表すことができなかったのである。と、そのとき、一群の生き物が視界になだれこんできた。これはロベルトにも認識可能だった。少なくとも、いままでに見たことのあるものに関連づけることができた。それは魚の群れだった。魚たちは、八月の夜空を交差する流れ星のように、あたりを泳ぎまわっていた。しかし、その鱗の色や模様の配合や分布は、じつに多様かつ複雑だった。全世界にいかに多くの色や模様が存在するのか、そしてひとつの物の表面上にいかに多くの色や模様の組み合わせが存在しうるのかを自然が披露しているかのようだった。

多種多彩な縞模様の魚たちがいた。縦縞に横縞、斜線に曲線。象眼細工のように緻密で見事な模様の魚もいた。粒々や点々、水玉模様やぶち模様、じつに微細な斑点や大理石脈のような筋模様。

うねり模様や鎖模様の魚もいた。エナメル細工を施されたような魚もいれば、盾紋様や薔薇紋様の魚もいた。とりわけ美しかったのは、体全体に飾り紐を巻き付けたような模様の魚で、葡萄のような色の線と牛乳のような色の線が交互に続いているのだった。下から上へ、上から下へ、と二本の線が螺旋状に切れ目なくつづく様は芸術作品のようで、信じられないほど見事だった。

そのときになってはじめてロベルトは、魚たちの背後にあるさまざまな珊瑚の形を一つひとつ認識しはじめた。積み重なるバナナの房や籠に入った大きな丸パンの山、青銅色の枇杷の山。その上を金糸雀《カナリア》や緑蜥蜴《みどりとかげ》、蜂鳥《はちどり》が動きまわっている。

眼下に見えるのは、花園。いや、そうではない。化石になった森、茸の廃墟のようだった。いや、それも違う。それは数々の、小山、段丘、断崖、地溝、洞窟だった。そして、たくさんの生きた石でできたひとつの斜面。そこには地上では見られないような植物がさまざまなかたちで生えていた。平らなかたちや丸いかたち、まるで花崗岩の鎧をまとったかのような鱗状のものもあれば、ごつごつしたコブ状のもの、丸まったようなかたちのものもあった。それぞれかたちは違えど、どれも非常に優雅で愛らしかった。一見いい加減に粗雑に作られたようなものも、その粗さを気高く堂々と披露していた。それらは怪物のように見えたが、怪物といっても、「美」の怪物なのだった。

いや、それも違う（ロベルトは何度も自らの文章に線を引いて、書き直している。どのように描写すればよいのか分からないのだ。「四角い円」や、「平らな斜面」、「騒々しい沈黙」や「夜空の虹」といったものを生まれてはじめて描写するようなものである）。目の前にあるのは、辰砂《しんしゃ》の繁みだった。長い間息を止めていて、意識が朦朧としてきたのかもしれない。それに、マスクのなかに入ってきた水のせいで、形や色合いがぼやけていた。肺に空気を取り込むために頭を外に出してから、再び外礁の縁に沿ってゆっくりと泳ぎ始めた。穴や裂け目を見てみると、そこには、白亜の廊下が広がっており、ワイン色の道化がもぐりこんでいる。岩場の上からは、海老が珊瑚の網の上で休んでいる姿が見える。乳白色の鶏冠のようなものが付いているこの海老は、ゆっくりとした呼吸ではさみを動かしている。この珊瑚は以前に見た珊瑚に似ていたが、修道士ステファノの伝説のチーズのように果てしなく広がっていた。次にロベルトが見たのは、魚でもなければ葉っぱでもなかった。それは確かに生き物ではあった。二つの平べったく白っぽい物質。濃赤色の縁取りで、羽の扇子のようなものも付いている。目があるはずのところには、封蠟を泡立てて作ったような二本の角が付いている。虎柄のポリプもたくさんいる。くねくねと身悶えするように揺れていて、真ん中には大きな薄紅色の唇が見える。そしてこれらのポリプは、辺りに生茂る白い陰茎のような植物とその赤紫の亀頭を撫でている。オリーブ色の斑点の付いた桃色の小魚が、緋色の小さな斑点の付いた灰色のカリフラワーや黒ずんだ銅色の虎模様の塊茎に優しく触れながら泳いでいる……さらには大きな動物の肝臓のような紫色の穴だらけのものや、水銀で作られたアラビア模様の花火のようなもの、血をしたたらせる刺の束のようなもの、ぶよぶよした真珠層でできた杯のようなものなど、じつにさまざまなものが見えた。ロベルトにはその杯が、骨壺のようにも見えた。そして、その岩間にカスパル神父の亡骸が埋葬されているのではないかと思えた。もちろん、水の力によって、柔らかな珊瑚で覆われてしまっているから、その遺体はもう見えはしない。しかし珊瑚はその亡骸の体液を吸収して、花や果物の形になっていた。あのかわいそうな年寄りが海の底の新たな生き物に生まれ変わった姿を見ることができるかもしれない。毛深い椰子の実でできた頭、ふたつの萎びた林檎で作られた頬、ふたつの熟れていない杏子《あんず》でできた目と瞼、動物の糞のような瘤《こぶ》だらけの野芥子《のげし》でできた鼻。その下の唇は干し無花果《いちじく》、顎は短い突起のある蕪《かぶら》、喉は皺だらけのアザミ、こめかみの巻き毛は栗のイガ、耳は半分ずつの胡桃の殻、指は人参、お腹は西瓜、膝は花梨《マルメロ》。82

「物」「人」「場所」のリスト

文学の歴史は、数多《あまた》の強迫観念的な蒐集物《コレクション》に満ち溢れています。なかには幻想的な性質の蒐集物もあります。アリオストの作品を例に挙げるなら、アストルフォがオルランドの正気を取り戻すために月に行った際に発見したとされる物の数々がそれにあたるでしょう。なかには不快な性質の蒐集物も存在します。たとえば、『マクベス』の第四幕で魔女が用いる不気味な物の数々です。なかには恍惚をもたらすさまざまな香りの蒐集物もあります。たとえばジャンバッティスタ・マリーノが『アドーネ』(第六歌、詩節 115–159)で描写する花々がそうです。なかにはガラクタでありながら非常に重要な意味を持つ蒐集物も存在します。たとえばロビンソン・クルーソーが島で生き残ることを可能にした漂着物のコレクションとか、マーク・トウェインによって語られるトム・ソーヤの小さな宝物のコレクションなどがそれにあたります。なかには眩暈のするほど平凡な蒐集物もあります。たとえば、レオポルド・ブルームの台所にある些細な物の膨大なコレクションなどです。なかには博物館のように(あるいはお葬式のように)静的であるにもかかわらず心を激しく動かすような蒐集物もあります。たとえば、トーマス・マンが『ファウスト博士』の第七章で描いた楽器のコレクションがそうです。

場所に関しても、同様に数多くのリストがあります。場所を描くために作家がリストの力に頼る例を見てみましょう。エゼキエル書二七章では、ティルスの豊かさを伝えるためにティルスの所有物が列挙されます。ディケンズは、『荒涼館』の第一章で、町を覆うスモッグによって見えなくなってしまったロンドンのさまざまな物をわざわざ克明に列挙します。ポーは、『群衆の人』という作品で、ひとつの「群衆」として知覚される数多くの個人の一人一人に目を凝らし、想像を膨らませます。プルーストは(『スワン家の方へ』の第三章で)、自らの子供時代の町を思い起こします。カルヴィーノは(『見えない都市』の第九章で)、フビライ汗が夢想する都市の数々について語ります。ブレーズ・サンドラールは(『シベリア横断鉄道』で)、シベリアの大草原地帯を走る列車をさまざまな場所の記憶を通して描写しています。ホイットマンは、母国を讃えるためにさまざまな物を列挙しました（ちなみにホイットマンは、眩暈がするほど長いリストを作ることにかけて、特別優秀かつもっとも過剰な詩人として讃えられています）。

斧がとびはねる！
たくましい森から言葉がなめらかに流れ出し
転がっては起き上がり、あらゆるものを作り出す
掘っ建て小屋に、テント小屋、波止場、測量
殻竿《からさお》、牛鍬《うしぐわ》、鶴嘴《つるはし》、鉄梃《かなてこ》、鋤《すき》
屋根板、横木、支柱、羽目板、脇柱《わきばしら》、木舞《こまい》、鏡板、破風《はふ》、
砦《とりで》、天井、広間、学校、オルガン、展示館、図書館、
軒蛇腹《のきじゃばら》、格子《こうし》垣《がき》、付柱《つけばしら》、バルコニー、窓、小塔、玄関《ポーチ》
平鍬《ひらぐわ》、股鍬《またぐわ》、熊手、鉛筆、荷車、竿《さお》、鋸《のこぎり》、鉋《かんな》、木槌《きづち》、楔《くさび》、印刷機の取手、
椅子、桶《おけ》、桶の箍《たが》、机、潜戸《くぐりど》、風見鶏、窓枠、床、
道具箱、箪笥、弦楽器、小舟、骨組、そしてほかにも、
州議事堂に、国会議事堂、
街路に連なる立派な建物、孤児や貧者や病人の施設

世界の海を探検するマンハッタンの蒸気船や快速帆船《クリッパー》[83]
場所の名前を挙げ連ねたリストについてもお話ししましょう。ユゴーの『九三年』（第一部、第三編）のなかに、ヴァンデ地方のさまざまな場所の名前を挙げ連ねた奇妙なリストがあります。すべての場所を訪れて皆に反乱の指示を伝えることができるようにと、ラントナック侯爵が口頭で航海士のアルマロに数々の場所の名前を伝える箇所です。かわいそうに、アルマロがそんな長大なリストを覚えられるはずがありません。ユゴーだって、もちろん、読者がそのリストを覚えてくれるだろうなどとは期待していません。その場所のリストの長さは、ただ単に、民衆の反乱の膨大さを表すためにあるにすぎないのです。

眩暈のするような場所のリストとしては、ジョイスの『フィネガンズ・ウェイク』の「アナ・リヴィア・プルーラベル」と呼ばれる章におけるリストも挙げることができます。ジョイスは、ダブリンのリフィー川の流れを読者が感じられるように、この章に世界中の何百もの川の名前を挿入しました。それらは一見、語呂遊びや混成語のような見かけをしています。Chebb, Futt, Bann, Duck, Sabrainn, Till, Waag, Bomu, Boyana, Chu, Batha, Skollis, Shari, Sui, Tom, Chef, Syr Darya, Ladder Burn などは、一般的にほとんど知られていない川への言及なので、読者が気づくのは難しいでしょう。「アナ・リヴィア」の翻訳は、通常かなり自由に行われているので、翻訳版では、川の名前が原語版とは異なる場所に出てくることもありますし、川の名前が完全に変えられていることもあります。ジョイス自身の協力のもとに完成した最初のイタリア語版では、イタリアの川の名前が出てきます。(セリオ、ポー、セルキオ、ピアーヴェ、コンカ、アニエーネ、オンブローネ、ランブロ、ターロ、トーチェ、ベルボ、シッラロ、タリアメント、ラモーネ、ブレンボ、トレッビオ、ミンチョ、ティドーネ、パナーロなどです。これらはどれも英語版のテクストには存在しません。[84] 同じことは、有名なフランス語の最初の翻訳でも起こっています)。[85]

このリストは、無限であるかのように思えます。テクストに隠れているすべての川の名前に読者が気づくにはかなりの努力が必要ということもありますが、それだけではありません。ジョイスがはっきりと言及している川の名前よりさらに多くの川の名前を批評家が見つけ出す可能性だってあります。さらに言えば、英語のアルファベットの組み合わせによってもたらされるさまざまな可能性まで考慮すると、批評家やジョイス自身が認識しているより多くの数の川の名前が実際には潜んでいるかもしれないのです。

この種のリストは分類が困難です。それは飽くなき欲望や、「言い表せないもの」のトポス(世界にいくつの川があるかを言える人など存在しません)や、リストへの純粋な愛から生まれでてくるものです。ジョイスは、長い時間と大変な労力をかけ、そして多くの人びとの協力を得て、膨大な数の川の名前を見つけたはずですが、何も地理学が大好きでそんなことをしたわけではもちろんありません。おそらく、ジョイスは、リストを無限のものにしたかったから、そんなことをしたのでしょう。

最後に、「さまざまな場所によって構成される場所」について少しお話ししたいと思います。それは、「全宇宙」のことです。ボルヘスは、短編小説『エル・アレフ』のなかで、小さな球体を通して「全宇宙」を見ます。その「全宇宙」は不完全でしかありえないリストとして現れます。さまざまな場所やさまざまな人びと、そして不穏なひらめきの数々を列挙したリストです。ボルヘスは、さまざまなものを見ます。人のごったがえす海、夜明けと夕暮れ、アメリカ大陸の群衆、黒いピラミッドの中央の銀色の蜘蛛の巣、こわれた迷宮（それはロンドンだった）、すぐ近くからわたしを見つめる無数の眼、地球上のあらゆる鏡、三十年前にフレイ・ベントスの一軒の家の玄関で見たのと同じタイルが敷かれたソレル街の裏庭、葡萄の房、雪、煙草、鉱脈、水蒸気、赤道直下の波打つ砂漠とその砂の一粒一粒、インヴァネスの女性、その乱れた髪や堂々とした体、彼女の胸の腫瘍、かつて街路樹の植わっていた歩道の乾いた土の輪、アドロゲの別荘、プリニウスの最初の英訳本、一斉に現れる全ページのすべての文字、同時に現れる夜と昼、ベンガルの薔薇の色を映したかのようなケレタロの夕焼け、誰もいない自分の寝室、アルクマールの書斎、ふたつの鏡の間におかれた地球儀、その無限の反射、夜明けのカスピ海の岸辺を走る馬、風になびく馬のたてがみ、華奢《きゃしゃ》な手の骨、生き延びた兵士が葉書を送る姿、ミルザプールの店の窓辺に飾られていたスペインかるた、温室の床に映るシダの斜めの影、虎、ピストン、野牛、大波、軍隊、地球上のすべての蟻、ペルシアの天体観測器、ベアトリス・ヴィテルボの信じられないくらい猥褻で詳細な手紙が入っている机の引き出し、チャカリータ墓地の慕わしい墓碑、かつては麗しいベアトリスであった無惨な遺骨、自分の黒い血の循環、愛のかみ合わせと死の変容。かれはアレフを見ます。それは、宇宙のなかの数々の場所のなかのひとつでありながら、ほかのすべての場所を内包しています。かれはアレフを一度にあらゆる場所から見ます。アレフのなかの地球を見て、再び地球のなかのアレフを見て、アレフのなかの地球を見ます。自分の顔と臓腑を見ます。そしてかれは、眩暈をおぼえ涙を流すのです。なぜならかれは自らの眼で秘密のものを見てしまったからです。それは仮想されたものであり、多くの人々がその名前を好き勝手に使っていましたが、実際にそれを見たことがある人はいませんでした。つまりボルヘスは人間の想像を超えた宇宙を見てしまったのです。86

わたしは常にこうしたリストに魅了されてきました。そして、わたし自身もこうしたリスト作成者たちの一員だと思っています。わたしの小説『バウドリーノ』に、さまざまな場所について想像させる箇所がありますが、この箇所は当然ボルヘスの影響を受けています。極東の伝説の王国で、司祭ヨハネの息子（ハンセン病で死にかけており、隔離されている）に、バウドリーノは西洋の素晴らしさについて語ります。西洋世界のさまざまな場所や物についてバウドリーノが語るときの輝かしい描写は、まるで西洋中世の人間が極東を夢見ているかのようです。

わたしはこれまでに自分が見てきたさまざまな場所について語りました。レーゲンスブルクやパリ、ヴェネツィアやビザンツ、さらにはイコニウムやアルメニアまで。旅のなかで出会った人びとについても語りました。助祭は、プンダペッツィムの穴倉の他は何も見ずに死んで行く運命にありました。ですからわたしは、自分の語る話を通してかれに生きてもらいたいと思ったのです。ときには、話をでっち上げることもあったかもしれません。自分が訪れたことのない街や、参加したことのない戦い、口説き落としたことのない姫君たちのことも、わたしは話しました。太陽が死ぬ土地の驚異についても語りました。かれを楽しませるために、わたしはさまざまな場所について語りました。プロポンティスの海の夕日や、ヴェネツィアの潟のエメラルド色の煌めき、ヒベルニア［アイルランド］の谷間の静かな湖の岸辺にある七つの白い教会や白い羊の群れ。ピレネー・アルプスを覆う真っ白で柔らかな物質が、夏には溶け出して荘厳な大滝となり、さらには大小の川に分かれて、栗の木が生い茂る斜面に沿って流れていく様子についても語りました。アプーリア［プーリア］の沿岸に広がる塩の砂漠についても話しました。自分が一度も渡ったことのない海についても語りました。その海では、子牛ほどの大きさの魚が跳ね回っていて、しかもその魚は人間が跨がれるほど従順なのだと話したところ、かれは大変驚いていました。聖ブレンダンの幸福諸島への旅の話もしました。海の真ん中の島に到着したと思ったら、それは鯨の背中だったという話です。鯨については、山と同じくらいの大きさの魚で、船を丸ごと飲み込むこともできるのだと説明しました。しかし、船がどのようなものなのかかれは分かっていませんでしたから、船とは木でできた魚のようなもので、白い翼を動かしながら水の上を進んでいくものなのだ、と説明してあげる必要がありました。わたしの故郷に生息する驚くべき動物の数々についても、一つひとつ教えてあげました。十字架の形の大きな角を二本持っている「シカ」。さまざまな地を転々としながら、年老いた両親を世話するため背中に乗せて空を飛ぶ「コウノトリ」。乳白色の斑点の付いた小さな赤い茸のような「テントウムシ」。ワニのようだが、扉の下をくぐり抜けられるくらい小さい「トカゲ」。ほかの鳥の巣に自分の卵を産む「カッコウ」。夜になると丸い目をランプのように光り輝かせ、教会のカンテラの油を食べて生きる「フクロウ」。針で覆われた背中を持ち、牛の乳を吸う「ハリネズミ」。生ける宝石箱のようなもので、ときに計り知れない価値の無機質な美を産み出す「カキ」。歌いながら眠らずに夜を過ごし、薔薇を愛する「ナイチンゲール」。真っ赤な甲殻に覆われた怪物のようだが、その肉の愛好者に捕まえられそうになると、後ずさりして逃げる「ロブスター」。水中の恐ろしい蛇のようだが、脂ののった素晴らしい味がする「ウナギ」。神に仕える天使のように海の上を飛び回るが、悪魔のような金切り声を発する「カモメ」。黄色いくちばしを持つ黒い鳥で、人間のように話し、主人の秘密を密告する「クロウタドリ」。厳かに湖上の水を切り、死の直前に世にも甘美なメロディーを歌う「ハクチョウ」。若い娘のようにしなやかな曲線を持つ「イタチ」。獲物にむかって急降下し、主人の騎士に獲物を持っていく「タカ」。わたしは、かれが見たこともない（そしてわたし自身も見たことのない）宝石の輝きについても想像しながら語りました。蛍石の紫と乳白色の斑。エジプト石の赤紫や白の筋模様。真鍮の白い輝き。水晶の透明感。ダイヤモンドの光。金の輝きの美しさなどについても語りました。葉のような薄い形にまで変えることもできる柔らかな金属。熱い刃を水につけて焼きを入れるときのジュッという音。大きな修道院の宝物庫のなかにある想像を絶するような聖遺物。わたしたちの教会の高く尖った塔。コンスタンチノープル競馬場の高くまっすぐな柱。ユダヤ人がどのような本を読むのか、そしてその本を埋め尽くす虫のような文字をかれらがどのような発音で読むのかについても説明しました。偉大なキリスト教徒の王がカリフから鉄の雄鶏を受け取ったときのことや、その雄鶏が毎朝日の出の時刻になるとひとりでに歌い出すことも話しました。蒸気を吐き出しながら回転する球体がどのようなものか。アルキメデスの鏡にどれだけの燃やす力があるか。夜に見る風車小屋がどんなに恐ろしいかも。グラダーレのことも話しました。ブルターニュで聖杯をまだ探し続けている騎士のこと。わたしたちのこと。悪人ゾシモスを見つけ次第すぐにでもわたしたちが聖杯を司祭ヨハネに譲渡するつもりであることを話しました。こうした輝かしいものの数々にかれは魅了されていました。しかし、それらの素晴らしいものを決して自分の目で見ることはできないのだということを悲しんでいる様子でもありました。そこでわたしは、自らの苦しみがこの世の最悪の苦しみではないと思ってもらえるような話をするのがよいだろうと考えました。そして、アンドロニコスが受けた苦痛を事細かに語りました。その苦痛の詳細な内容は、かれになされたことをはるかに上回るものでした。クレーマの虐殺の話や、手・耳・鼻を切り落とされた捕虜の話もしました。レプラのほうがまだましだと助祭が感じられるように、恐ろしい病の数々を克明に語りました。腺病結核、丹毒、聖ウィトゥスの舞踏病、聖アントニウスの炎［帯状疱疹］、タランチュラの毒。鱗のようになるまで皮膚を掻きむしってしまう疥癬。蛇の毒。これらの病がどんなに恐ろしいものかをおどろおどろしく語りました。両胸を切り落とされた聖アガタ、両目をえぐり取られた聖ルチア、矢で射抜かれた聖セバスティアヌス、石で頭蓋骨を打ち砕かれた聖ステファヌス、弱火で丸焼きにされた聖ラウレンティウスについても話しました。さらにわたしは、ほかの聖人やほかの残虐行為の話をでっち上げました。肛門から口までを突き刺された聖ウルシキヌス。皮を剝がされた聖サラピオン。荒れ狂う四頭の馬に手足を繋がれ、体を四つ裂きにされた聖モプスエスティウス。沸き立つほどの熱い瀝青《れきせい》を飲ませられた聖ドラコンティウス……。こうした恐ろしい話の数々を聞いて、かれは少し慰められたような様子でした。わたしは、恐ろしいものばかり大げさに語りすぎてしまったかもしれないと思い、この世の美しいものの数々について再び話しはじめました。そうしたものに思いを馳せることは、囚われの身にある者に活力を与えます。パリの若い娘たちの愛らしさや、ヴェネツィアの娼婦たちの気だるい魅力、皇妃の類いまれなる肌艶、コランドリーナの子供のような笑い方、遠き国の姫君の瞳。助祭は興奮し、もっと話を聞きたがりました。トリポリ伯夫人、メリザンドの髪の毛はどのようなものだったのかと尋ねました。そして、ブロセリアンドの騎士たちを聖杯よりも魅了した美女たちの唇について、さらに知りたがりました。かれは興奮していました。神よ、お許し下さい。一度か二度、かれは勃起し、自らの種を放出する快感を味わったようです。それから、世界には、気だるくなるような香りを放つさまざまな種類の香辛料がたくさんあるのだということもわたしは説明しました。わたしはそれらの香辛料を何も持ち合わせていなかったので、よく知っている香辛料や名前だけしか知らない香辛料のことを思い出そうとしました。香辛料の名前を聞くだけでも、香りにうっとりと酔ってもらえるのではないかと考え、一つひとつ列挙したのです。マラバトロ、ベンゾイン、香、甘松、クコ、サンダラック樹脂、肉桂、白檀、サフラン、生姜、カルダモン、ナンバンサイカチ、ガジュツ、月桂樹、マジョラム、コリアンダー、イノンド、エストラゴン、オールスパイス、胡麻、ケシ、ナツメグ、レモングラス、ウコン、クミン。その話を聞いていた助祭は、いまにも気絶しそうな様子で、押し寄せるさまざまな香りに哀れな鼻が耐えられなくなったかのように、自らの顔を手で覆いました。そしてかれは、泣きながら、忌々しい宦官たちが、レプラに効くという口実で、それまでかれに何を食べさせてきたか聞くなかれと言いました。ヤギの乳とブルクに浸したパンです。来る日も来る日も、まったく同じ味のものを食べさせられ、かれは四六時中眠っているような状態で朦朧と日々を過ごしていたのです。[87]

驚異の部屋と博物館

博物館・美術館のカタログというのは、特定の場所に存在する物を列挙する実用的なリストなので、必然的に限りがあります。しかし、博物館・美術館そのもの、あるいはコレクションそのものは、どうでしょうか。ある種の物をすべて集めたコレクションのような非常に珍しい場合（たとえば特定の芸術家の作品をすべて余すことなく集めたコレクションなど）を除けば、コレクションというのは、常に開かれており、常に何かしらほかの物を追加して増やすことが可能です。特に、無限に集積・増加させていくことが好まれるようなコレクションなら、なおさらのことです（たとえば、古代ローマ貴族のコレクションや、中世の領主のコレクション、現代の美術館のコレクションがそうです）。たとえ美術館が膨大な量の芸術作品を展示していたとしても、そこに展示されていない数多くの物が存在するように思えるのです。

さらに言うと、非常に専門的なコレクションというのは常に「一貫性の無さ」と隣合わせです。わたしたちの芸術の概念を理解していない異星人が地球に旅行に来たとしたら、「なぜルーヴル美術館には数多くの互いに無関係なものが一緒に保存されているのだろうか」と不思議に思うことでしょう。花瓶や皿や塩の容器のような小さな日用品、ミロのヴィーナスのような女神像、風景画、一般人の肖像、墓の工芸品やミイラ、恐ろしい怪物の肖像、宗教儀式の品々、拷問に苦しむ人間の絵、戦いの絵、性欲を刺激するヌード、考古遺物などが一緒に保管されていることを不思議に思うはずです。

博物館・美術館に収められているものは、非常に種類が多様です。夜中一人でそのさまざまな物たちに囲まれたらどんな感じだろうか……などと考えてしまったりすると、博物館・美術館は恐ろしい体験にもなりえます。そして陳列されている物の量が多ければ多いほど、一貫性が低ければ低いほど、不安感は高まります。

陳列されている物が何なのか認識できないときは、現代の博物館でさえも、いわゆる「Wunderkammern（驚異の部屋）」（一七・一八世紀に存在したもので、現在の自然博物館の先駆けにあたる）のように見えることがあります。「驚異の部屋」というのは、広く人びとに知られるべきものを体系的に陳列した場合もあれば、珍しいものや奇妙なものを陳列した場合もありました（部屋全体を見下ろすような格好で天井の真ん中に吊り下げられたワニの剝製のような奇怪なものもありました）。ピョートル一世がサンクトペテルブルグに集めたコレクションをはじめとして、こうした驚異の部屋のコレクションでは大抵、丁寧にアルコール漬けされた奇形胎児が展示されていました。

フィレンツェのスペーコラ美術館に展示されている蠟人形の数々は、解剖学によって生まれた素晴らしい作品のコレクションです。内蔵を取り出され裸で横たわる身体は、ハイパー・リアリズムの傑作です。桃色から深紅まで、さまざまなグラデーションの色合いが美しく調和しており、さらに腸や肝臓、肺、胃、脾臓など下のほうへと眼をやると、赤から茶色までのさまざまな色合いも美しく混ざり合っています。

「驚異の部屋」のコレクションで現在も残っているのは、主にカタログのなかの挿絵や図版です。「驚異の部屋」のなかには、何百もの小さな棚のなかに石や貝殻、珍しい動物の骸骨、剝製芸術の傑作（実在しない動物の剝製も含む）などを収めたものもありました。あるいは、ミニチュア博物館のような「驚異の部屋」もありました。仕切りのついた棚に陳列されたさまざまな収蔵品は、本来の環境から切り離されており、意味や一貫性のないさまざまな物語をそれぞれに語っているように見えます。

デ・セピーブスの『名高き博物館（Musaeum Celeberrimum）』（一六七八年）や、ボナンニの『キルヒャー博物館（Musaeum Kircherianum）』（一七〇九年）などの図版付きカタログを見ると、アタナシウス・キルヒャー司祭によってコレッジョ・ロマーノに収蔵された品々のなかには、以下のようなものがあったことが分かります。古代の彫像や異教崇拝の品、魔除け、中国の偶像、奉納台、ブラフマーの五〇の化身が描かれたふたつの石版、古代ローマの碑石、ランタン、指輪、印章、留め金、腕輪、おもり、鐘、自然の力によって表面に奇妙な模様の付いた石や化石、世界各地で蒐集されたエキゾチックな品々（食された犠牲者の歯で飾られたブラジル先住民のベルト）、異国の鳥やその他の動物の剥製、椰子の葉で作られたマラバール地方の書物、トルコの工芸品、中国の秤、野蛮人の武器、インドの果物、エジプトのミイラの足、生後四〇日から七ヶ月ほどの胎児、さまざまな動物の骨格標本（鷲、ヤツガシラ、カササギ、ツグミ、ブラジル猿、猫や鼠、モグラ、ヤマアラシ、蛙、カメレオン、鮫など）、海洋植物、アザラシの歯、ワニ、アルマジロ、タランチュラ、カバの頭、サイの角、バルサム液で壺に保存された奇怪な犬、巨人の骨、楽器や数学の用具、永久機関の実験作、自動装置やその他の機械（アルキメデスやアレクサンドリアのヘロンが作った機械に似たようなもの）、螺旋水揚機、八角形の反射鏡（そこに置かれた小さな象の模型のイメージがこの反射鏡によって増殖し、まるで「アジアやアフリカから集められたすべての象の群れ」を見ているかのような効果が得られる）、水圧機、望遠鏡、顕微鏡（虫の細かな観察記録も付いている）、地球儀、天球儀、天体観測器、星座早見盤、日時計、水時計、機械時計、磁石時計、レンズ、砂時計、温度や湿度を計る道具、さまざまな絵画や図像（山、崖、谷間を流れる川、鬱蒼とした森、波の泡、水の渦模様、丘、建築物、遺跡、古代の記念碑、戦闘、虐殺、決闘、勝利、宮殿、聖書の神秘的な物語、神々の肖像など）。

『フーコーの振り子』の主人公がフランス国立工芸院の人のいない廊下を歩き回る様子を想像するのは、じつに楽しかった。フランス国立工芸院は工業技術の歴史を展示した博物館で、そこにはいまでは誰も使わなくなった昔の機械が展示されています。それらの機械の機能を現代の来館者が理解することは簡単ではありません。そのため工芸院全体が、バロックの「驚異の部屋」のように見えてしまいます。そして得体の知れない人工の怪物に取り囲まれているかのような幻覚を抱くことになり、次つぎとおかしな妄想を繰り広げてしまうのです。

床には自動車や自転車、蒸気自動車など、さまざまな乗り物が並んでいる。天井からは初期の飛行機がぶら下がっている。いくつかのものは、剝げていたり、時の流れによって腐食されたりしているものの、原形をとどめており、自然光と電光とが微妙に混ざりあった光のなかで、古いヴァイオリンのニスのような艶を放っている。枠組みやシャーシ、連結棒、クランクなど、一部分だけが残されているものもあり、その責め具のような部品を見ていると、おそろしい拷問の数々を想像してしまう。　拷問台に縛り付けられ、白状するまで肉体を苛まれている自分の姿が浮かんでくる。

これらの古い乗り物は、いまや生気が錆びついて動かなくなっているものの、どれもみな、科学技術の誇りの象徴であり、来館者の尊敬のまなざしを得るべくそこに展示されている。さらに奥にいくと、左手には自由の女神像（バルトルディが新世界のために設計した女神像の縮約模型）、そして右手にはパスカルの像が見守るように立っており、あいだにさまざまなものが並んでいる。揺れる振り子を取り囲んでいるのは、はさみ、下顎、触角、片節、羽根、ツメなど、狂った昆虫学者の悪夢の品々だ。それから、高圧磁石発電機、単相変圧器、タービン、変換機、蒸気機関、ダイナモなど、突然また一斉に動き出すかもしれない機械の屍も並んでいる。さらに、振り子の後ろの回廊には、アッシリアやカルデアやカルタゴの偶像、かつては真っ赤な熱い腹をしていたバアル像、剝き出しの釘のついた鉄の処女など、かつては飛行機のエンジンだったものなどが並んでいる。まるでいくつもの神像が振り子を取り囲み、振り子への崇拝を表しているかのような異様な光景だ。まるで、「理性」と「啓蒙」の子供たちが、「伝統」と「叡智」の究極の象徴を永遠に見守ることを強いられているかのようだ。

〔…〕

下に降るのだ。移動するのだ……何時間もわたしはこのときを待っていた。しかし、ついに移動が可能になったとき、移動すべきこのときになって、わたしの身体は固まっていた。必要最低限なだけ懐中電灯を使いながら、夜の展示室を通っていかねばならなかった。夜の光が大きな窓からわずかに差し込んでいた。月の青白い光に包まれた博物館を想像していたが、それは間違いであった。ガラスケースが外からの微かな光を反射しているだけだった。注意深く動かなければ、何かにぶつかって転び、ガラスや金属の音を立ててしまうだろう。時々、懐中電灯を付けては消した。まるで、クレージー・ホース［パリのキャバレー］のショウを見ているかのようだ。光がつくと突然、裸が目の前に照らし出される。それは、人の裸ではなく、ネジや万力、ボルトなどの裸の姿だ。

もしも突然、わたしと同じように動き回っている人間の姿、〈主〉の使者の姿を照らし出してしまったら、どうしよう。最初に叫び声を上げるのはどちらだろうか。わたしは耳を澄ませたが、何も聞こえない。わたしは音を立てないように忍び足で歩いていた。相手も同じだろう。

その日の午後、わたしは各展示室がどうつながっているかを注意深く観察し頭に入れておいたから、暗闇のなかでも大階段を見つけられるだろうと思っていた。しかし、ほとんど手探りでさまようことになり、方向が分からなくなってしまった。

同じ部屋を再びさまよっているのかもしれない。もうこの場所からは決して出られないのかもしれない。無意味な機械のあいだをさまようこと、それが儀式なのかもしれない。

〔…〕

フロマンのモーター。縦長の構造で、偏菱形の土台がついている。まるで人工の肋骨を剥き出しにした人体解剖模型のように、内部のコイルや電池や遮断器のようなものが剥き出しになっている。あれは、教科書では何と呼ばれていたのだったか。歯車によってピニオンに刺激を伝える伝導ベルトで作動するようになっている。この機械はいったい何に使われているのだろうか。地電流を計るために違いない。

蓄熱器。本当は何を蓄積するのだろうか？　きっと、あの〈不可視の三六人〉が、根気強い秘書のごとく（秘書とは秘密を守る者たちである）、一晩中鍵盤をたたきながら、何らかの音や光を出すために、遠くの相手との交信に没頭しているのである。海岸と海岸とで交わされる交信。深淵と地上で交わされる交信。マチュピチュからアヴァロン島へ、ジップ・ジップ・ジップ、ハロー・ハロー・ハロー、パメルシエル・パメルシエル・パメルシエル、交信、ムー36の電流をとらえました。バラモン教徒が神の青白い息として崇拝していた電流です。いまからピストンピンを差し込み、ミクロ・マクロコスミック装置を全開します。地殻の下ですべてのマンドラゴラの根が震えだし、「宇宙の共鳴《ユニバーサル・シンパシー》」のメロディーが聞こえてきます。

通信以上です。どうぞ。

〔…〕

連中がこれらの機械（ガラモンならヘクサテトラグラマトン偽熱電子毛細化装置とでもよぶことだろう）を動かしているあいだ、時々、誰かがワクチンとか電球（金属の素晴らしい冒険の成果）などを発明していたのかもしれない。しかし、本当の目的はまったく別のものだった。夜中にここに集まって、このデュクレテの静電気を起こす機械を回していたのだ。弾薬帯のような透明な輪が付いていて、後ろでは、二本の弓形の棒で支えられたふたつの振動する玉。それに触ると、火花が飛び散る。フランケンシュタイン博士は自分の人造人間《ゴーレム》にこうして命を与えたいと願ったのかもしれない。しかし、待つべき信号は別のものだったのだ。推察しろ、働け、掘れ、掘れ、年寄りモグラよ……

……ミシンのような機械。あの銅版印刷で広告されていたミシンと同じものだ。胸を大きくする薬の広告や、元気付けのリキュール「征服者ロビュール、R‐C」の広告（大鷲が瓶を爪で抱えて谷間を飛び回っているあの広告）などの隣にあった広告のミシンだ。しかし、スイッチを入れると、それは歯車を動かし、歯車がリングを動かし、リングが……リングは何をするのだろう。誰がリングの音を聞いているだろう。説明書きを読むと、「地表からの誘導電流」と書かれている。何と慎みのない。午後に見学に来る子供が読んでしまうかもしれ

ないじゃないか！〔…〕

わたしはそこを行ったり来たりしていた。自分がまるで微生物のように小さくなった感覚だった。金属製の摩天楼が聳える機械の町に迷い込んでうろたえている旅人のようだ。シリンダーや、バッテリーに、ライデン瓶。高さ二〇センチの小さな回転木馬のような遠心分離機、「電動式回転ドア」、共鳴電流を刺激するための護符《タリスマン》、「九個の真空管でできた放電列柱《コロネード》」、「電磁石」、ギロチン台。圧搾式の印刷機のようだ。その中央には、鉤針《フック》が馬小屋でよく見るような鎖に吊るされている。手や頭を押し潰すことのできる圧搾機。ふたつのシリンダーのついた空気ポンプで動くガラス鐘は、蒸溜器の一種のようだ。下にはカップ、右には銅製の球体がついている。これを使って、サンジェルマンはヘッセ方伯のための染料を調合していたのだ。

小さな砂時計がたくさん付いたパイプ置き。その砂時計の首は、モディリアーニの描く女性の首のように長い。一列一〇本の砂時計が二列に並んでおり、なかには何だか分からない物質が入っている。上部のふくらみは、それぞれ高さが異なり、空に放たれる直前の軽気球のようである。これはレビスを製作するための機械だ。こんなものが、公衆の面前に晒されているとは。

ガラス製品の展示場。わたしは、元のところに戻っていた。小さな緑色の瓶がある。サディストがわたしに高純度の毒を飲ませようとしているのだ。瓶を作るための鉄の機械。ふたつのハンドルで開いたり閉じたりできるようになっている。あそこに瓶ではなく手首を入れてしまったらどうなるだろう。ばちん！　あの巨大なペンチやハサミ、あの弓状のメスも同じだ。括約筋《かつやくきん》や耳をあれで突き刺すのかもしれない。あるいは生きている胎児を取り出すために子宮に差し込むのかもしれない。そしてその胎児は、アスタルテの食欲を満たすために、ハチミツや胡椒と一緒に擂り潰されるのだ……そのとき通っていた部屋には、大きなガラスケースがあった。そこには螺旋状のねじ回しを動かすボタンが見えた。人の眼球を情け容赦なくえぐり取るのに使われるのに違いない。「落とし穴と振り子」。まるで風刺漫画の世界だ。ループ・ゴールドバーグの無意味な装置や、ビッグ・ピートがミッキー・マウスを縛り付けた拷問台のようだ。「三個のピニオンがついた外側の歯車」、ルネサンス期の機械工学の結晶、ブランカやラメッリやゾンカの機械。

〔…〕すべては準備万端だった。これらの装置は、万人の目に触れる場所で、合図を待っていたのだ。「計画」は公然のものだったのに、誰もそのことに気づかなかったのだ。機械たちは、キーキーと音を立て、世界制覇の賛歌を歌っていたのだ。互いの歯をカチカチと嚙み合わせ、すべての歯が床に落ちたかのような騒音をたてて、大饗宴を繰り広げていたのだ。

最後にとうとう、エッフェル塔のために設計された émetteur à étincelles soufflées（火花送信機）の前に来た。これは、フランスとチュニジアとロシア、プロヴァンのテンプル騎士団、パウロ派、フェズの暗殺教団とのあいだでシグナルをやりとりするために作られたのだ（フェズはチュニジアの町ではないし、暗殺教団がいたのはペルシアなのだが、「超越的な時間」を過ごしているときに、そんな細かいことは気にしていられない）。わたしは自分の背よりも高いこの巨大な機械を前にも見たことがあった。その壁にはハッチや通風口などの穴がたくさん空いていた。ラジオだなどと、信じるものか。本当は何なのかわたしは知っている。その日の午後にもその前を通ったのだから。ボーブールのポンピドゥ・センター。

すべてはわたしたちの目に触れる場所にあったのだ。実際のところ、あんな巨大な箱をルテティア（地下の泥海への昇降口ルテティア）の中心に置いて何の役に立つというのか。あそこはかつてパリの「臍」だった場所だ。通気口にぶら下がる象の鼻のようなものの数々。異常な数のパイプとダクト。空に開かれたディオニュソスの耳は、音やメッセージや信号をとらえて、地球の中心まで送り、地獄の底からの情報を吐き出すように地上に送り返しているのだ。まずは実験室としての工芸院、次にゾンデとしてのエッフェル塔、最後に地球送受信機としてのボーブールへと。あの巨大な吸盤をあそこに立ててあるのは、日本製のヘッドホンで最新の音楽を聴くために来る長髪の汗臭い学生を楽しませるためとでもいうのか。すべてはわたしたちの目に触れるところにあったのだ。ボーブールはアガルタの地下帝国への入り口。あの復活したテンプル騎士のシナーキー、ＴＲＥＳの記念碑。そして、それ以外の人間、二〇億、三〇億、四〇億もの〈他者〉は、このことに気がついていないか、あるいは必死に気がつかない振りをしているのだ。[88]

属性の列挙による定義vs.本質による定義

ホメロスが盾を「かたち」として明確に描いたのは、かれが同時代の社会における人びとの生活について熟知していたからだと述べました。そして同じホメロスがギリシア軍の兵士たちを単なるリスト（軍船の列挙）によって描いたのは、何人の兵士がいたのか分からなかったが故でした。こうした点を根拠に次のように考える人もいるかもしれません。すなわち、完結した「かたち」を描くのは「成熟した文明」の特徴であり、列挙による描写は「原始的な文化」の特徴なのだと（言い換えれば、「成熟した文明」の人間は、自らの世界を考察や定義によって理解できるため、完結したかたちで物を描写する傾向があるが、「原始的な文化」の人間は、世界について漠然としたイメージしかないため、物のさまざまな属性をできるかぎり多く列挙することしかできず、属性同士の関係性は示せないのだという論理です）。ある面において、それは真実だと言えます。しかしながら、列挙の手法は中世の時代にも登場します（それは、偉大なる『神学大全』や百科事典によって物質的世界や精神的世界の全体像が構造的に説明されていた時代でした）。そして、ルネサンスとバロックの時代にも列挙は再び現れます（それは新たな天文学によって世界の全体像が構造的に説明されていた時代でした）。さらには、近代やポストモダンの時代においても顕著なかたちで列挙はそのすがたを再び現すのです。こうした問題について、少しずつ考えてみましょう。

古代ギリシアの時代から、あらゆる哲学や科学が目指してきたのは、物を「本質」によって理解し定義することでした。アリストテレス以来、本質による定義というのは「ある特定のものをある特定の種に属するひとつの個体として定義すること」を意味してきました。さらに、その「特定の種」は「特定の類（属）」の一部分であると考えられてきました。[89] これは現代の分類学が動植物を定義するときに用いるのと同じ方法です。当然のことながら、実際の分類や下位分類のシステムはもっと細かく複雑です。たとえばトラであれば、「哺乳綱、真獣下綱、食肉目、ネコ亜目、ネコ科、ヒョウ属、トラ種」と定義されます。

カモノハシは、哺乳綱単孔目（卵生）です。しかしカモノハシが発見されてから、「哺乳綱単孔目」であると定義されるまでには、八〇年もの歳月を要したのです。その間、科学者たちはずっと、カモノハシをどのように分類・定義すべきか考えあぐねていたのです。そしてその定義が決定されるまでのあいだ、困ったことに、カモノハシはずっと次のような生き物として説明されてきました。「モグラほどの大きさの生き物で、小さな目と鴨のようなクチバシ、尻尾、足を持つ（足は、泳いだり、穴を掘ったりするのに使われる）。前足には、四つの蹴爪をつなぐかたちで水搔きがついている（前足の水搔きは後ろ足の水搔きより大きい）。卵を生むこと及び、乳腺から出る乳を子供にあたえることができる」。

これはまさに、専門家でない人間がカモノハシを見たときに言うであろうことと同じです。専門家ではない人間でも、このように無秩序に列挙された属性のリストによって、カモノハシと牛との違いを理解することができます。けれど生物学的分類について何も知らない一般の人に、「カモノハシは哺乳綱単孔目ですよ」と言ってみたところで、カモノハシとカンガルーの違いすら理解してもらえないことでしょう。もし子どもが母親に「トラって何？　どんなものなの？」と尋ねたとして、母親が「トラは、哺乳綱ネコ亜目あるいは食肉目裂脚亜目の生き物よ」などと答える可能性は低いはずです。おそらく、「トラは、凶暴な猛獣で、猫のように見えるけれど、猫よりもっと大きくて、足が速くて、黄色くて、黒いしましまがあって、ジャングルに住んでいて、人を食べてしまうこともあるのよ」などと説明してあげることでしょう。「本質による定義」というのは、「実体」を示すことによって何かを説明するものです。それは、「実体」を示すさまざまなカテゴリー（たとえば、「生きもの」「動物」「植物」「鉱物」など）をわたしたちが知っていることを前提とした定義です。対照的に、「属性による定義」というのは、アリストテレスも言うように、さまざまな偶有性（本質的ではない属性）にもとづいた定義であり、偶有性の数は無限です。トラは、「本質による定義」の場合、「動物界の脊索動物門に属すもの」などと定義されます。トラ種全体に共通する特性としては、四つ足であるとか、大きな猫のように見えるとか、縞模様があるとか、平均体重が重いとか、独特のうなり声を持つとか、平均寿命が長いなどのさまざまな属性を挙げることができるでしょう。しかしそれだけではありません。トラは、「皇帝ネロが君臨した時代のある特定の日に、ローマのコロッセオにいた動物である」と言うことも可能ですし、「一八四六年五月二四日に英国軍のファーガソン士官によって殺された動物」と言うことだって可能です。トラについてこのほかにも無数の偶有性を挙げることが可能なのです。

　実のところ、わたしたちが「本質」によってものを定義することはめったになくて、むしろ「属性の列挙」でものを定義することのほうが多いのです。だからこそ、たとえ眩暈のするような長大なリストであっても、「無限の属性の列挙による定義」のほうが、自分の日常生活での定義・認識の方法に近いように感じるのです（もちろん、自然科学系の学部のなかなどは別です）[90]。さまざまな属性の列挙に基づいた説明によって作れるのは、辞書ではなく、百科事典のようなものです。それは、完成することのない百科事典であり、すべてを習得することは不可能です。それは、同じ文化に属す人びとが、各々の能力の範囲で部分的に習得していくような知の体系なのです。

「類」や「種」などの概念組織をまだ構築していない原始的な文化（「本質による定義」が存在しない文化）においては、「属性の列挙」による描写が用いられます。ですが成熟した文化においても、「属性の列挙」が好まれることはあるのです。それは、既存の「本質による定義」に満足しておらず、疑問を呈したい場合や、特定の事物の新たな属性を発見することによって、既存の知の体系に新たな知識を付け加えたい場合などです。

イタリアの修辞学者エマヌエーレ・テザウロは、『アリストテレスの望遠鏡』（一六六五年）のなかで、既知の情報のあいだに存在する未知の関係性を発見する方法として、隠喩の力を用いることを提案しました。それは、既知の事物を数多く列挙していき、隠喩の想像力によって、そこに新しい類似性やつながりを発見するという方法です。こうしてテザウロは「範疇の目録《インデックス》」というものを生み出します。それは一見、巨大な辞書のようにも見えますが、実際のところは偶有的属性の列挙なのです。この目録は、「真に秘められた秘密」、そして「さまざまな範疇のなかに隠されている事物を発見し、さまざまな事物のあいだに類似性を発見する」方法である、とテザウロは述べています（テザウロの言葉にはこの「素晴らしい」アイディアについてのバロック的な歓喜が感じられます）。つまり、従来のとおりに別々の範疇に分類されていたままであれば気がつかなかったような事物間のさまざまな類似性をこの目録によって発見することができる、ということです。

ここでは、テザウロの目録の例をいくつか挙げることしかできませんが、この目録は無限に膨らみうるように思われます。たとえば、かれの「実体」のリストには、まったく制約がなく、「聖人」「概念」「神話の神々」「天使」「悪魔」「魂」が挙げられています。「天空」の項目には、「遊星」「黄道帯」「蒸気」「呼気」「流星」「彗星」「稲妻」「風」。「地」の項目には、「畑」「荒れ地」「山」「丘」「岬」。「物質」の項目には、「石」「宝石」「金属」「草」。「数学」の項目では、「球体」「コンパス」「四角」などが挙げられています。「量」の項目も同様で、まずは「容積の量」の欄に、「小さいもの」「大きいもの」「長いもの」「短いもの」などがあり、「重量」の欄には、「軽いもの」や「重いもの」が挙げられています。「質」の項目では、まず「視覚」の欄に、「見えるもの」「見えないもの」「表面的なもの」「美しいもの」「歪んだもの」「鮮明なもの」「不鮮明なもの」「黒いもの」「白いもの」などがあり、「嗅覚」の欄には、「芳香」や「悪臭」。その他「関係」「行動と感情」「位置」「時間」「場所」「状態」などの項目も同じ調子です。たとえば、「量」の項目に含まれる「容積の量」の「小さなもの」の欄を見てみると、「ピンの先に立つ天使」「霊的なもの」「天球の不動点としての極」「天頂」「天底」などが挙げられています。「四大元素」の項目では、「火花」「水滴」「石のかけら」「砂の粒」「宝石」「原子」などが挙げられています。「人間」の項目には、「胎芽」「流産された胎児」「ピグミー」「小人」など。「動物」の項目には、「蟻」「蚤」など。「植物」のなかには、「からし種」「パンくず」など。「科学」の項目には、「点」が挙げられており、「建築」項目には、「ピラミッドの先端」が挙げられています。

このリストには押韻も論理性もないように思えます。バロックの時代に見られるほかの多くの試みと同じで、知の体系を丸ごと包み込んでしまおうとしているのです。カスパー・ショットの著書『Technica curiosa』（一六六四年）や『Joco-seriorium naturae et artis sive magiae naturalis centuriae tres』（自然魔術についての一六六五年の著書）には、一六五三年に書かれたという或る書物についての言及があります。ローマのある人物によって書かれたこの『Artificium』なる書物は、四四の基本的な分類項目で構成されています。その分類は以下のようなものです。「元素（火・風・煙・灰・地獄・煉獄・地球の中心）」「天空に関するもの（星・稲妻・虹）」「知に関するもの（神・イエス・言論・意見・疑い・魂・戦略、幽霊）」「世俗世界の地位（皇帝・男爵・平民）」「宗教世界の地位」「職人（画家・航海士）」「道具」「感情（愛・正義感・欲）」「宗教」「告解」「裁判所」「軍隊」「医学（医者・飢え・浣腸）」「獰猛な野獣」「鳥」「爬虫類」「魚」「動物に属すもの」「家具」「食べ物」「飲み物と液体（葡萄酒・ビール・水・バター・蠟・樹脂）」「衣類」「絹」「羊毛」「帆布とその他の織物」「船舶のもの（船・錨）」「香り（シナモン・チョコレート）」「金属」「硬貨」「工芸品」「石」「宝石」「木」「果物」「公の場所」「おもり」「はかり」「数字」「時間」「形容詞」「副詞」「前置詞」「人称（代名詞・〝枢機卿猊下《げいか》〟などの敬称）」「旅（干し草・道・盗賊）」。

キルヒャーからウィルキンズまで、さらに激しい眩暈を引き起こすリストの数々をほかにもたくさん挙げつづけることもできます。こうしたリストには、何かを体系的に分類しようという精神が欠けていますが、それは、リストの作成者たちが「類」や「種」などの古くさい分類法を避けようと努力していたことを示しているのです。[91]

過剰

文学について考えてみると、分類に関するこれらの「学問的」試みは、作家たちに、放埒で過剰なリストのモデルを提供したと言うことができます（ただし反対に、作家たちがこうしたモデルを学者たちに提供したのだと言うことも可能でしょう）。放埒なリストの初期の巨匠としてはラブレーがいますが、かれがそのような制御不能なリストを作ったのは、まさに中世の「学術大全」の堅苦しい規範を覆すためでした。

ラブレーによって、リストは、「歪み」への純粋な愛にもとづく詩的なものへと変化しました。それ以前まで、リストは、あくまでも困ったときの「最後の手段」であり、何か言葉で言い表せないものがあるときに頼るものでした。それは、ある種の苦しみを抱えたもので、ランダムで統一感のない要素の集まりにいつかは何らかのかたちで秩序を与えたいという静かな望みを孕むものでした。ラブレーは、「純粋なリストへの愛にもとづくリストの詩学」、すなわち「過剰なリストの詩学」を生み出したというわけです。

バロック期の作家ジャンバッティスタ・バジーレの民話集『物語のなかの物語、すなわち幼い者たちのための楽しみの場（ペンタローネ）』のなかに、七人の兄弟が妹の間違った行いによって七羽の鳩になってしまったことが語られる場面があります。バジーレが、この場面でたくさんの鳥の名前を長々と書き連ねているのは、過剰なリストを愛するがゆえにほかなりません。トビ・タカ・ハヤブサ・バン・シギ・ゴシキヒワ・キツツキ・カケス・フクロウ・カササギ・コクマルガラス・ミヤマガラス・ムクドリ・ヤマシギ・オンドリ・メンドリ・ヒナドリ・シチメンチョウ・クロウタドリ・ツグミ・ズアオアトリ・アオガラ・ミソサザイ・タゲリ・ムネアカヒワ・アオカワラヒワ・イスカ・ヒバリ・チドリ・カワセミ・コマドリ・アカフィンチ・スズメ・アヒル・ノハラツグミ・モリバト・ウソなど、この場面にはじつにたくさんの鳥の名前が挿入されています。ロバート・バートンが、『憂鬱の解剖学』（第二巻）で、醜い女性を描写する際に、常軌を逸した量の軽蔑語と罵倒語を何ページにもわたって書き連ねたのは、過剰なリストを愛するがゆえにほかなりません。ジャンバッティスタ・マリーノが、『アドーネ』の第一〇歌で、人間の知の産物について洪水のごとく何行も書き連ねたのもまた、過剰なリストを愛するがゆえです。「天体観測器・暦・罠・やすり・開錠器・檻・精神病院・陣羽織《タバード》・薬《やっ》莢《きょう》・袋・迷路・下げ振り定規・水準器・さいころ・カード・ボール・ボード・チェスの駒・ガラガラ・滑車・ねじ錐・リール・糸巻き・ヤード固定具・時計・蒸溜器・デカンタ・鞴《ふいご》・坩《る》堝《つぼ》・表情・風の入った袋や膨れ・石鹼の膨れあがった泡・煙の塔・イラクサの葉・カボチャの花・緑色や黄色の羽毛・蜘蛛・コガネムシ・コオロギ・蟻・スズメバチ・蚊・蛍・蛾・鼠・猫・カイコ・そしてありとあらゆる道具や動物。これらの眼に見えるものとたくさんの幻影」。

　ヴィクトル・ユゴーが、『九三年』（第二部の第三編）で、国民公会の規模の大きさを表すときに、何ページにもわたって、人びとの名前を書き連ねるのも、過剰なリストへの愛ゆえです。そこでは、記録簿のような記述が延々と続き、読者を圧倒します。過剰で膨大なリストを列挙したリストそのものが過剰で膨大になる、ということがここでは起こっているわけです。

　制約がなく過剰であるということは、必ずしも一貫性がないということではありません。リストは、過剰でありながら、完璧な一貫性を保つことも可能なのです。たとえばガルガンチュワの遊戯のリストは、過剰なリストですが、さまざまな娯楽を列挙した論理的なリストです。したがって、過剰でありながら一貫したリストもあれば、さほど長くはないものの、互いに明確な関連性のない物をあえて一緒に列挙したようなリストもあります。後者のようなリストは、「無秩序なリスト」と呼ぶことができます。[92]

過剰と一貫性が上手く混ざり合ったリストの傑作は、ゾラの小説『ムーレ神父のあやまち』のなかに出てくる庭園パラドゥーの花々の描写かもしれません。一方、完全に無秩序なリストの例としては、コール・ポーターの歌「You're the Top!」の歌詞における名前や物のリストを挙げることができるかもしれません（そこに挙げられているのはたとえば、コロッセオ、ルーヴル美術館、シュトラウスの交響曲の旋律、ベンデルのボンネット帽、シェークスピアのソネット、ミッキー・マウス、ナイル川、ピサの斜塔、モナリザの微笑み、マハトマ・ガンジー、ナポレオン・ブランデー、スペインの夏の夜の紫色の光、国立美術館、セロファン、七面鳥のディナー、一ドル札、フレッド・アステアの軽快なステップ、オニールの劇、ホイッスラーのママの絵、カマンベール、チーズ、薔薇、ダンテの地獄篇、偉大なジミー・デュランテの鼻、バリの舞踊、温かいタマル、天使、ボッティチェリ、キーツ、シェリー、オバルチン、思いがけない賜物、メイ・ウェストの肩越しに見える月、ウォルドーフ・サラダ、バーリンのバラード、ゾイデル海を進む船、オランダ絵画の巨匠、アスター夫人、ブロッコリ、ロマンスなどです）。しかし、このリストにもある種の一貫性がありす。なぜなら、列挙されているのはどれも、ポーターにとって、愛する人と同じくらい素晴らしいものだからです。ポーターのリストに対して、「価値の区別が欠けている」と批判することは可能ですが、「論理性が欠けている」と批判することはできません。

「無秩序なリスト」は、「意識の流れ」とは異なります。ジョイスの作品における内的独白は、統一性を欠いたさまざまなものの集まりでしかないということができるかもしれません。しかし、それらはすべて一人の登場人物の意識から次つぎと出てきたものであって、その関連性を作者が常に説明してあげる義務はないのだと考えれば、そこに一貫性はあるのです。

トマス・ピンチョンによって、『重力の虹』の第一章のなかで描かれるタイロン・スロースロップの机は非常に散らかっていて明らかに無秩序ですが、描写そのものは無秩序ではありません。同じことが、『ユリシーズ』のなかのブルームの無秩序な台所を描写した箇所についても言えます。ジョルジュ・ペレックの作品には、パリのサン＝シュルピス広場で一日のうちに見たものを記したもの（『Tentative d'équisement d'un lieu parisien』）がありますが、この膨大なリストが一貫性のあるリストなのか無秩序なリストなのかを判断するのは困難です。このリストは、一方では、非常にランダムで無秩序だと言えます（たとえば、その日の広場では、ペレックの眼に留まらなかった出来事や、ペレックが書かなかった出来事がほかにも何十万とあったはずです）。しかし、もう一方で、これはペレックの眼に留まったことだけを列挙したリストなのだと考えれば、困ったことにこのリストには一貫性があるのです。

過剰でありながら一貫性を持つリストの例としては、アルフレート・デーブリーンの小説『ベルリン・アレクサンダー広場』における屠場の描写を挙げることもできます。この箇所は、基本的には、食肉解体施設やそこで行われる作業の整然とした描写であるはずなのですが、読者が実際にその場所の見取り図や作業の順序を把握することは非常に困難です。あまりにも多くのディテールや、数量データ、血の固まり、怯えた子豚の群れなどに圧倒されてしまうからです。大量の細部描写が圧倒的で、読者に衝撃をあたえるからがゆえ、デーブリーンの描く食肉処理場は恐ろしいものになっています。未来の食肉処理場を予言的に暗示しているかのようなこの食肉処理場は、狂気的なまでの残忍さで混沌としていて、秩序が成立しえないのです。

デーブリーンの作品における食肉処理場の描写はピンチョンの作品におけるスロースロップの机の描写と似たようなものです。それは、「無秩序な状況」の「秩序ある描写」なのです。『バウドリーノ』の第二八章を書いた際に、わたしの着想のもとになっていたのは、このようなニセの「無秩序リスト」でした。

バウドリーノとその友達は、司祭ヨハネの伝説の王国へと向かう道中で、突如、サンバティオンに出くわします。サンバティオンというのは、ユダヤ教の伝説で、水のない川のことです。その川には、ただ砂と石の激しい濁流があるのみです。そして、その流れはあまりにも激しい音をたてているので、歩いて一日かかるほど遠いところからも聞こえるほどです。また、その石の川の流れが止まるのは安息日のはじめだけなので、安息日のときしか、その川を渡ることはできません。

「石でできた川というのは、きっと混沌とした無秩序なものだろう」とわたしは想像しました。

特に、石の大きさや色や固さが異なっていたら、非常に混沌としているはずです。わたしはさまざまな石や鉱物の素晴らしいリストをプリニウスの『博物誌』のなかに見つけることができました。そこで見つけたさまざまな石や鉱物の名前そのものが、わたしのリストをより音楽的なものにしてくれました。以下に一部を引用します。

それは、大量の岩や土砂が滔々と流れる大河であった。不揃いな大岩の流れのなかに、さまざまな形の石盤が見えた。刃物のように鋭く、墓石のように幅の広い石盤であった。その石盤のあいだには、砂利や化石、尖峰や岩礁、岩角が見えた。

激しい突風に吹き付けられているかのように、その川は滔々と同じ速度で流れ続けていた。転がり続ける石灰華の破片の上を岩盤が流れていき、砂利の流れの上で勢いを弱め弾んでいた。岩と岩のあいだを流れる小石は、まるで水の流れで削られたかのように滑らかで丸かった。小石は高く跳ね上がっては、乾いた音を立てて落下した。そして、小石のぶつかり合いで発生した渦のなかに再び呑み込まれていった。こうしたさまざまな鉱物の絡み合いのなかで、砂のざわめきや、石灰石の颪、火山礫の雲、軽石の泡、タールの小川が作られていた。

岸のあちこちに、雪花石膏のしぶきや石灰の塊が落ちてくるので、一行は身を守るために顔を覆わねばならなかった。

〔…〕三日前から、地平線には非常に高い山脈が見えていた。高く聳え立つ山脈によって、空がほとんど見えなくなってきていた。出口もなく、狭くなる一方の小道に閉じ込められていった。はるか上空でわずかに光る雲海が山脈の頂上を覆っているのが見えるのみだった。

この場所でかれらは、ふたつの山のあいだの傷のような割れ目からサンバティオンが湧き出てくるのを見た。ブクブクと沸騰する砂岩、ゴボゴボと泡立つ凝灰石、ボタボタと滴り落ちる泥土、カチカチとぶつかり合う岩の破片、ゴロゴロと音を立てて凝固していく腐植土、溢れ出る土塊。そして雨のような粘土が、少しずつ一定の流れになっていき、果てしない砂の海にむかって旅立っていった。

われらが仲間たちは、丸一日かけて、山道を避けて、川の源流を渡るための道を探したが、結局見つけることはできなかった。

〔…〕

かれらは川の流れに沿って歩くことにした。〔…〕そして五日間ほど、蒸し暑いなか昼も夜も歩き続けた。そのとき、絶え間ない川の激しい流れの音が変化しつつあることに気がついた。川の流れはより速くなり、玄武岩の破片を藁のように引きずる急流のようだった。遠くから雷のような音が聞こえた……。ますます激しく流れながら、サンバティオンは無数の小川に枝分かれし、泥を摑む手の指のように、山の斜面のなかに流れ込んでいった。ときおり川の流れの一部が洞窟のなかに押し寄せて、貫通しているらしい岩の隙間から、唸りをあげながら飛び出ては、猛烈な勢いで怒ったように谷間に飛び込んでいった。岩石の嵐のせいで川の岸辺も歩けなくなったため、かれらは大きく遠回りをしなければならなくなった。台地の頂上へ着くと、突如として、眼下のサンバティオンが、地獄の谷に呑み込まれるように消えていくのが見えた。

そこでは、半円形に並んだたくさんの岩屋根からいくつもの滝が流れていた。滝は、巨大な渦巻きのなかへと流れ落ちていた。花崗岩の絶え間ない噴射、渦を巻く瀝青、波打つ明礬《みようばん》、沸騰する片岩、岸に当たって跳ね返る石黄。渦巻きが、空に向かってさまざまな物質を噴き出すのを、かれらは塔の上にいるかのように見下ろしていた。珪素の滴の上に太陽光が当たり、大きな虹ができていた。あらゆるものがそれぞれの特性に応じて、異なる輝きの光線を反射していた。ふつう嵐のあとに空にかかる虹よりもずっと多くの色があった。そして、嵐の後の虹とは違って、消えることなく永遠に輝き続けるように思われた。

赤鉄鉱や辰砂《しんしゃ》の赤、鋼鉄のような緑礬《りよくばん》の黒い輝き、あたりに飛び散る雄黄《ゆうおう》のかけらが放つ黄色や明るい橙色。藍銅鉱《アルメニウム》の青、石灰化した貝殻の白、孔雀石の緑、だんだん色が薄れてサフラン色になっていく密陀《みつだ》僧《そう》、鶏冠石《けいかんせき》の鮮やかな輝き、噴出する緑がかった土は、いったん色褪せた珪孔雀石《クリソコッラ》の粉となってから、藍と紫の微妙な色合いに変化していた。華麗なモザイクの金。燃えた鉛白の緋色、火のように輝くサンダラック樹脂、銀粘土の玉虫色の輝き、雪花石膏の類いまれなる透明感。

その轟音のなかではどんな人間の声もかき消されてしまい、聞こえなかった。誰も話そうとはしていなかった。かれらは、死にゆくサンバティオンの最後の苦悶を見ていたのだ。川は、地底へと消えていかなければいけないことに激しく怒り、石の歯を剝き出して唸り、自らの無力さを表明しながら、周りのものすべてを道連れにしようとしていた。[93]

怒りや憎しみ、恨み、溢れる罵り言葉などによって混沌としているリストも存在します。その典型的な例としては、セリーヌが『虫けらどもをひねりつぶせ（Bagatelles pour un massacre）』で、激しい罵倒の言葉を書き連ねた箇所を挙げることができます（セリーヌにしては珍しく、ユダヤ人ではなくソ連を罵倒している箇所です）。

ごちそう！　すごいごちそうだぞ！　飢えてるんだから！　腹ペコで！　すごい話だ！　四億八千七百万人も！　厚釜掘りコザック野郎たち！　ピンからキリのスラヴの梅毒！　何ホドノ事アリヤ？　スラヴのバルト海から陰惨なアルトラ海まで？　目くばるバルカン！　ごたごたの！　キューリのごった煮！　……どろどろしている！　ゲップのでる！　くそっ

たらトゥーユ！　スッパリと一刀両断……かたづけてやる！　バッサリだ！　第七天国ひとまたぎ！　鉢開きのどたま！　……ひげ面どもだって？　ものすごいとも！　ヴォルガのかっぱだ！　……モンゴルくずれのタタール武勇伝！　……ステハーノフヴィッチいのちだ！……まやかしヤヴィッチだ！　……四十万ヴェルスタ十億メートルの……不治の病の草原の、ゼビス＝ラリドンなんてまっぴら！　……ずんどう腹！　ヴェスヴィオ火山にゃチャオいっちゃお！　……ノアの洪水ノーモアか！　……溶けて流れてマーガリン！　……へべれけ釜抜きおつりは汚尻！　……どっしり溜ったホロックの糞！　……極端落胆！　……シベリア横断！　……[94]

無秩序なリスト

どんなリストも「無秩序」であると明言することは不可能であるように思われます。なぜなら、何らかの視点から見れば、どんなリストにも何らかの一貫性がありうるからです。たとえば、「箒、ページが一部欠けたガレノスの伝記、エタノール漬けの胎児、そして（ロートレアモンの有名な一節を引用して）雨傘と解剖台」というようなリストにも、一貫性はあります。医学部の倉庫に収められている物の目録なのだと言うだけで十分です。今度は、「イエス、ユリウス・カエサル、キケロ、ルイ一五世、ラモン・リュイ、ジャンヌ・ダルク、ジル・ド・レ、ダミアン、リンカーン、ヒトラー、ムッソリーニ、ケネディ、サダム・フセイン」というリストについて考えてみましょう。これらすべての人物が自分の家の寝床で死ななかったことに気がつけば、このリストは一貫性のあるものになります。

　純粋に無秩序なリストの例としては、ランボーの「酔いどれ船」という詩を挙げるべきでしょう。この詩は、のちのシュルレアリストの不気味なリストを先取りしたような詩です。ある学者は、ランボーの詩を取り上げて、接続的なリストと離接的なリストとの違いについて論じました[95]。わたしがこれまでに引用したのはすべて、接続的なリストです。それらはすべて特定の言論の世界に依拠しており、その世界の論理に従えば、リストに挙げられたものたちは互いに関連性を持つからです。それとは対照的に、離接的なリストというのは、すべてをバラバラにするようなリストであって、統合失調症患者の症状に似たものです（統合失調症の患者は、自分のなかに沸き上がるさまざまな感情や思考をまとめることができません）。レオ・シュピッツァーは、「離接的なリスト」の概念から着想を得て、「無秩序なリスト」についての論考を発表しました[96]。そこでは、「無秩序なリスト」の例として、ランボーの『イリュミナシオン』の詩が引用されています。

　森のなかに鳥がいる、その鳥の歌はひとの足をとめ、きみの顔を赤らめる。

時を打たない時計がある。

白い動物が巣をこしらえた窪地がある。

降りてゆく大聖堂があり、昇ってゆく湖がある。

雑木林のなかに捨てられた小さな馬車がある。あるいは、道を駆け降りるリボンの付いた小さな馬車がある。

衣装を着た役者の一団がいて、木々のむこうの道にちいさく見える。

そして、飢えや渇きを感じるとき、きみを追い立てる誰かがいる。[97]

文学には無秩序なリストの例が豊富にあります。たとえばパブロ・ネルーダからジャック・プレヴェールまで、さらにはカルヴィーノの『レ・コスミコミケ』まで。『レ・コスミコミケ』では、隕石の屑によって地球の表面がランダムに作られる様子が描写されています。カルヴィーノはこのリストを「不条理なごった煮」と呼んで、次のように書いています。「これらまったく一貫性がないように見える物同士のあいだに実は隠れた結びつきが存在するのだと想像してその結びつきを推理することを楽しんだ[98]」。しかし、故意に無秩序に作られたリストの最たる例は、中国の百科事典『慈悲深き知識の宝典』のなかの動物のリストです。このリストはボルヘスによって創作されたもので、ミシェル・フーコーの『言葉と物』の序文冒頭でも引用されています。その百科事典では、動物が次のように分類されています。（a）皇帝に属するもの、（b）バルサム香で防腐処理をしたもの、（c）訓練されたもの、（d）乳離れしていない仔豚、（e）人魚、（f）架空のもの、（g）はぐれ犬、（h）この分類に含まれているもの、（i）狂ったように震えているもの、（j）数えきれないもの、（k）ラクダの毛で作ったきわめて細い筆で描かれたもの、（l）その他、（m）つぼを壊したばかりのもの、（n）遠くからだとハエのように見えるもの[99]。

一貫性のある過剰なリストや無秩序なリストのさまざまな例をここまでいくつか取り上げました。これらのリストが、古代のリストとはどこか異なっていることに皆さんもお気づきだと思います。先ほど述べたように、ホメロスがリストに頼ったのは、伝えたいことを言葉で十分に表現することができないときでした。そしてリストの詩学は、こうした「言葉で表現できないもの」のトポスに、何世紀にもわたって支配されていました。しかし、ジョイスやボルヘスのリストは、「言葉が見つからないから」という理由で作成されたようには見えません。ジョイスやボルヘスをリストの作成へと突き動かしているのは、むしろ過剰なものを愛する気持ちや、野心的な衝動、より多くの言葉を求める貪欲さ、複数性や無限性を探求することの情熱（ほとんどの場合、喜びに満ちた情熱であって、強迫観念的な執念ではない）などであるように思われます。このようなリストは、世界を再編成する方法になります。さまざまな属性を列挙することによって、バラバラなもののあいだに新たな関係性を発見したり、常識として受け入れられている関係性に疑問を投げかけたりするというテザウロの方法を実践しているかのようです。このように、無秩序なリストは既存の形式を破壊する方法にもなります。この方法は、未来派、キュビスム、ダダイスム、シュルレアリスム、ヌーヴォー・レアリスムなどにおいて、さまざまにかたちを変えて用いられました。

ボルヘスのリストは、「一貫性」に関するあらゆる基準に反抗しているだけではなく、集合論のパラドックスを使ってあえて戯れています。ボルヘスのリストは「一貫性」に関する一切の合理的な基準を拒んでいます。なぜなら、ふつうはリストの最後に追加要素として書かれるべき「その他」という項目が、なぜか、リストの途中で挿入されているからです。問題はそれだけではありません。このリストが人を大いに困惑させるのは、分類項目のなかに、「この分類に含まれているもの」という項目があるからです。数理論理学の学生ならば、若きバートランド・ラッセルがフレーゲに対して異議を唱えるために作ったパラドックスのことをすぐに思い出すことでしょう。ラッセルのパラドックスとは、次のようなものです。自分自身を要素として含まない集合を「正常」であるとする(たとえば、「すべての猫の集合」というのは、「猫」そのものではなくて、ひとつの「概念」なので、「自分自身を含まない正常な集合」にあたる)。そして、自分自身も要素として含む集合は異常であるとする(たとえば、「すべての概念の集合」というのは、それ自身ひとつの「概念」であるので、「自分自身を含む異常な集合」にあたる)。ならば、「すべての「正常な集合」の集合」というものをどのように考えることができるのだろうか。もし、この集合が「正常」なものだとすれば、不完全であることになってしまう(自分自身がそこに含まれていないからである)。もし、この集合が「異常」なものだとすれば、非論理的であることになってしまう(「正常な集合」の集まりのなかに異常な集合が含まれていることになってしまうからである)。ボルヘスのリストはこのパラドックスを使って戯れているのです。もし、このボルヘスの動物の分類が「正常」な集合だとすると、自分自身(分類そのもの)は含まれていないはずです。しかし実際のところ、ボルヘスのリストには分類そのものが含まれています。もしこの動物の分類が「異常」な集合なのだとすると、リストは一貫性のないものになります。動物のリストのなかに「動物ではないもの」(ひとつの集合)が出てくるからです。

わたし自身は真の意味で無秩序なリストを作ったことが果たしてあるのでしょうか。純粋に無秩序なリストとは、詩人によってのみ書かれうるのだと言えば、答えになるかもしれません。小説家は、特定の空間や時間のなかで起こる何かを表現しなければなりません。したがって、小説家はいつもある種の枠組みのようなものを作ることになります。そしてその枠組みのなかでは、どんな突飛な要素も何らかのかたちで他の要素と接続されるものなのです。その一例として、『女王ロアーナ、神秘の炎』のなかの一節を挙げることにします。主人公ヤンボのある種の「意識の流れ」のようなものを表現した箇所です。自分自身の個人的な記憶を失ったヤンボは、自分自身のことや家族のことは何も思い出せないのですが、文化に関する記憶だけは残っており、文化に関するさまざまな記憶に取り憑かれています。あるときヤンボは、一種の錯乱状態のなかで、まったく一貫性のないリストを作り出します。それはさまざまな詩的引用のコラージュです。このリストは、混沌としたものに聞こえます。まさに精神的な混乱の感覚を喚起しようとして書いたのですから当然のことです。けれどわたしのリストは主人公の混沌とした思考よりも、さらに混沌としたものになっています。それは完全に壊れた精神状態を表現するために作ったリストだからです。

子どもたちを撫でにおいをかいだ。どんなにおいかといえば、妥当かどうか分からないが、とてもやわらかいにおいだった。ぼくの頭に浮かんだのは、「香りは子どもの肌のようにさわやかで」という言葉だけだった。実際、ぼくの頭は空っぽではなく、自分のものではない記憶が渦巻いていた。人生の道半ばで侯爵夫人は五時に外出し、エルネスト・サバトと少女が畑のほうからやって来て、アブラハムはイサクをもうけ、イサクはヤコブをもうけ、ヤコブはユダとロッコとその兄弟をもうけ、鐘は聖なる真夜中に鳴り、ぼくが振り子を見たのはあの時で、コモ湖の支流には翼の長い鳥が眠り、〈messieurs les anglais je me suis couché de bonne heure（イギリス人諸君、私の就寝時刻は早い）〉、ここでイタリアを作るか、さもなくば死んだ男が死ぬかだ、〈tu quoque alea（賽よ、お前もか）〉、逃げる兵隊はもう一度使える、止まれお前は美しい、イタリアの兄弟たちもうひとがんばりだ、畝を耕す鍬はもう一度使える、イタリアは作られたが降伏はしない、我々は暗がりのなかで戦う、そしてすぐに日は暮れる、三人の女がぼくの心のまわりに、風もなく若い娘が手を伸ばす無意識の蛮族の槍、光に狂った言葉をもとめないで、アルプスからピラミッドまで、戦に行き兜をかぶる、ぼくの言葉は夜に新鮮だ、あのつまらない冗談のために、黄金の翼の上でいつも自由、水にそびえる山よさようなら、でもぼくの名前はルチア、連銭葦毛のヴァレンティーノ、ヴァレンティーノ、グイド、ぼくは空で色あせてほしい、ゆらめき、武器、愛を知った、〈de la musique où marchent des colombes（鳩が歩く音楽について）〉、涼しく澄んだ夜と大尉、ぼくは照らされる、敬虔な牛、話すことが虚しくともぼくはポンティーダでかれらを見た、九月には行こうレモンの花咲くところに、ペリアスとアキレウスの冒険がはじまる、月影のナポリ、何でもすると言ってくれ、地球は最初動かないようだった、〈Licht mehr Licht über alles（光を、もっと冠たる光を）〉、伯爵夫人、人生とは何か？　小槍の上で。名前、名前、名前、アンジェロ・ダッローカ・ビアンカ、ブランメル卿、ピンダロス、フロベール、ディズレーリ、レミジオ・ゼーナ、ジュラ紀、ファットーリ、ストラパローラと愉しき夜、ポンパドゥール夫人、スミス&ウェッソン、ローザ・ルクセンブルク、ゼーノ・コシーニ、パルマ・イル・ヴェッキオ、始祖鳥、チチェルアッキオ、マタイ・マルコ・ルーカ・ヨハネ、ピノッキオ、ジュスティーヌ、マリア・ゴッレッティ、くそだらけの爪の娼婦タイス、骨粗鬆症、サントノレ、バクトリア・エクバタナ・ペルセポリス・スーサ・アルベラ、アレクサンドロスとゴルディオスの結び目。百科事典が何枚にも散らばって降りかかってきて、ぼくはそれを蜂の群れみたいに手で払いのけたくなった。[100]

マスメディアのリスト

リストの詩学は大衆文化のさまざまなところにも浸透しています。しかし、大衆文化におけるリストの目的は、アヴァンギャルド芸術のそれとは異なります。映画作品における視覚的リストの例を考えてみれば、すぐに分かります。たとえば、一九四五年の映画『ジーグフェルド・フォリーズ』のなかでダチョウの羽飾りをつけた娘たちが次つぎに階段を降りてくるところ。一九四四年の映画『世紀の女王』のなかの有名な水中バレエ、一九三三年の映画『フットライト・パレード』のなかで何列にもなって踊る娘たち。一九三五年の映画『ロバータ』のなかで列をなして通り過ぎていくモデルたち。現代の有名デザイナーのファッションショーも同じです。

このように、魅惑的な生き物を次つぎと見せるのは、単に量の豊富さを示すためであり、豪華な作品を見たいという欲求を満足させるためです。魅力的なものをひとつだけではなく大量に見せ、官能的な魅力を消費者にふんだんに提供するためです。それは、昔の有力者が、大量の宝石で自らを飾り立てたのと同じようなことです。これらの場合、リストのテクニックは、社会秩序に疑問を投げかけるために用いられているのではありません。その目的はむしろ正反対です。これらのリストが反復するメッセージは、「皆の手に届く豊富な物と消費で成り立つ世界が、秩序ある社会の唯一のかたちであり、ほかのかたちなどありえない」というメッセージなのです。

さまざまな美しいものをリストのように並べて見せるという行為は、マスメディアを生んだ社会の特性と結びついています。カール・マルクスが『資本論』の冒頭で述べた言葉を思い出してみましょう。「資本主義的生産様式が支配的な社会においては、富は膨大な商品の集積として現れる」。その例は、いたるところに見つけることができます。たとえば豊富な商品をふんだんに陳列することで、店のなかにはもっとたくさんの商品があるのだとほのめかす店先のショーウィンドー。世界中の商品を集めた見本市。ヴァルター・ベンヤミンによって賛美されたパリのパッサージュ（ガラスの天井のついた回廊や装飾を施された大理石の壁、立ち並ぶ上品な店などで有名なパリのパッサージュは、一九世紀のパリのガイドブックでは、「世界のミニチュア」と表現されました）。さらに、百貨店はそれ自体がリストそのものです（ゾラの小説『ボヌール・デ・ダム百貨店』で賛美される百貨店を思い出してみてください）。

小説『女王ロアーナ、神秘の炎』は、主人公が一九三〇年代の思い出の品々をまるで考古学者のように発掘していく物語です。わたしはこの小説のなかで、何度も列挙の手法を用いました（これらのリストもまた、狂気的なコラージュであり、混沌としています）。そのなかのひとつをここで引用したいと思います。かつてラジオの国民放送で繰り返し流れていた数々のキッチュな歌の記憶が呼び起こされる箇所です。

まさにラジオが、つまみを回さなくてもひとりでに歌を聞かせてくれるように。レコードがはじまるようにしておいて、ぼくは窓の敷居のところで、頭上の星空を眺めながら、良いも悪いもぼくのなかに何かを再び目覚めさせる楽の音に、身をまかせた。

今宵星は数多輝き……一夜、星ときみとともに……話してよ、話してよ、星の下で、言ってよ、とびきり素敵なことを、愛の甘美な魔法のなかで……アンティル諸島の空の下、星はまばたき、愛の香りが数多降りてくる……マイルーよ、シンガポールの空の下、金の星たちの夢のなかでぼくらの愛が生まれた……ぼくらを見つめる星空の下で、星空の下できみにキスしたい……きみと共に、別々に、ぼくらは星に月に歌う、ぼくに幸運がやってくるかもしれない……海上の月、愚かな愛は美しく、ヴェネツィアと月ときみ、きみとふたりっきりで夜、きみと歌を口ずさみながら……ハンガリーの空、郷愁のため息、限りない愛でぼくはきみを想う……ぼくは常青の空のもとを彷徨し、雀が木の上を飛び空にさえずるのを聞く……[101]

本、本、本……

図書館のカタログは、前にも述べたように、実用的なリストです。図書館の蔵書には数の上で限りがあるからです。もしも無限の蔵書を持つ図書館があったら、それはもちろん例外になります。

ボルヘスの豊かな空想によって描かれたバベルの図書館のなかにはいったい何冊の本があるのでしょうか。ボルヘスの図書館の特徴のひとつは、蔵書のなかに二五個の文字のありとあらゆる組み合わせが含まれているということです（つまり、バベルの蔵書に含まれていない組み合わせを考え出すことは不可能ということです）。

パウル・ギュルダンは、一六二二年の著書『Problema arithmeticum de rerum combinationibus』において、当時使われていた二三個のアルファベット文字でいくつの言葉が生み出せるのかを計算しました。二文字の言葉、三文字の言葉というふうに、それぞれ可能な組み合わせの数を計算していき、最終的に二三文字の言葉まで計算を続けました。その際、同じ文字の繰り返しは計算に入れませんでした。また、生み出される言葉に意味があるかどうか、さらには発音可能かどうかなどということについても気を配りませんでした。その結果出たのは、七〇〇垓を超える膨大な数でした。それらの言葉をすべて実際に書くとしたら、一秭以上の数の文字が必要ということになります。一冊一〇〇ページの本に、一頁一〇〇行、一行六〇文字で書いていくと仮定しましょう。すると、二五京七兆冊もの本が必要だということになります。さらに、それらの本を、幅・奥行き・高さ共に約一三二メートルで、三二〇〇万冊収納可能な所蔵庫を持つ図書館に収納すると仮定しましょう。すると、8,052,122,350個の図書館が必要だということになります。しかし、それらすべての図書館を建てる場所などいったいどこに存在するのでしょうか。地球の表面積から計算してみると、地球上に建てられるのは、たったの7,575,213,799個だけです!

ほかにも、マラン・メルセンヌからゴットフリート・ライプニッツまで、このような計算を試みた人はほかにもいます。そして多くの作家が、無限の図書館をめぐる空想に刺激されて、書籍名の無限のリストの例を作成しました。そのなかでも、もっとも説得力のあるリストは、実在しない架空の書籍名を列挙したものです。なぜ説得力があるかというと、架空の書籍名は無限に作り出すことができるからです。そうしたリストの作成は、心躍る冒険です。たとえばラブレーが『パンタグリュエル物語』のなかで記したサン＝ヴィクトール図書館の（嘘の）書籍リストがその例として挙げられます。『救イノ竿《ビグワ・サルウティス》』、『強直法理股袋《ブラグエッタ・ユリス》』、『法令集上靴《パントフラ・デクレトールム》』、『悖徳栢榴集《マログラナトウム・ウイティオルム》』、『神学糸毬集』、世棄法師《チユルリユパン》著〔ペパン著〕『説教師必携毛冠竿』、『勇士の象睾丸』、『司教の菲沃斯《ひよす》』、『デ・ゾルボー註解附狒々猩々無尼耶無尼耶考《マルモトレトウス・デ・バボイニス・エット・キンギス・クム・コンメント・ドルベルリス》』、『悦楽ノ女《デクレトウム・ウニウエル》性ノ媚態ニ関スル巴里大学発令文《シタティス・パリシエンシス・スウペル・ゴルギヤシタテ・ムリエルクラルム・アド・ブラキトウム》』、『陣痛に悩めるポワシー尼僧院の一尼僧に現れし聖女ジェルトリュード』、オルトゥイヌス師著『於満座放屁不被咎術《アルス・ホネステ・ペッタンディ・イン・ソキエタテ・ペル・マギステル・オルトウイヌム》』などなど、まだこの後も、約一五〇も書籍名のリストが続きます。[102]

しかし実在する本当の書籍名のリストについても、やはり同じような眩暈を感じることはあります。たとえばディオゲネス・ラエルティオスによって作成されたテオプラストスの全著作のリストです。読者にとって、それらの膨大なコレクションを把握することは困難です。各著作の内容を把握できないだけでなく、題名だけでさえも多すぎて把握できないのです。

分析論前書、三巻／分析論後書、七巻／推論の分析について、一巻／分析論要綱、一巻／導き出されている諸論点（トポス）、二巻／勝敗を争う議論、あるいは論争的な議論の考察に関するもの／感覚について、一巻／アナクサゴラスへの反論、一巻／アナクサゴラスの学説について、一巻／アナクシメネスの学説について、一巻／アルケラオスの学説について、一巻／塩、硝石、明礬《みょうばん》について、一巻／石に化するものについて、二巻／不可分な線について、一巻／講義録、二巻／風について、一巻／諸徳の相違、一巻／王制について、一巻／王の教育について、一巻／生き方について、三巻／老年について、一巻／デモクリトスの天文学について、一巻／気象学、一巻／映像（放射物、エイドーロン）について、一巻／体液、皮膚、および肉について、一巻／宇宙の秩序について、一巻／人類について、一巻／ディオゲネスの語録集、一巻／定義集、三巻／エロース論、一巻／エロースについて、別冊、一巻／幸福について、一巻／エイドス（形相、種）について、二巻／癲癇《てんかん》について、一巻／神がかりについて、一巻／エンペドクレスについて、一巻／問答法的な推論（エピケイレーマ）、十八巻／反論（エンスタシス）、三巻／自発性について、一巻／プラトンの『国家』抜粋、二巻／同じ種に属する動物の声の相違について、一巻／密集して出現する動物について、一巻／咬みついたり、刺したりする動物について、一巻／嫉妬すると言われている動物について、一巻／陸地に生息する動物について、一巻／色を変える動物について、一巻／穴ごもりする動物について、一巻／動物について、七巻／快楽論――アリストテレスにならって、一巻／快楽について、別冊、一巻／テーゼ（テシス）集、二十四巻／温と冷について、一巻／目まい、および目先が暗くなることについて、一巻／発汗について、一巻／肯定と否定について、一巻／カリステネス、あるいは悲嘆について、一巻／疲労について、一巻／運動について、三巻／石について、一巻／疫病について、一巻／気絶について、一巻／メガラ誌、一巻／メランコリーについて、一巻／鉱山について、二巻／蜂蜜について、一巻／（キオスの）メトロドロスの語録について、一巻／気象に関する考察、二巻／酩酊について、一巻／アルファベット順による法律集、二十四巻／法律抜粋集、十巻／もろもろの定義に対して、一巻／匂いについて、一巻／ぶどう酒とオリーヴ油について、〈一巻〉／もろもろの根本前提、十八巻／立法者、三巻／政治学、六巻／時宜にかなった政治論、四巻／政治的慣習、四巻／最善の国制について、一巻／問題集、五巻／格言（諺）について、一巻／凝固と液化について、一巻／火について、二巻／呼気（プネウマ）について、一巻／麻痺（中風）について、一巻／窒息について、一巻／精神錯乱について、一巻／感情（情念）について、一巻／（雨風の）兆しについて、一巻／詭弁集、二巻／推論の分析について、一巻／トピカ（論拠集）、二巻／罰について、二巻／毛髪について、一巻／僭主制について、一巻／水について、三巻／睡眠と夢について、一巻／友愛について、三巻／名誉心について、二巻／自然について、三巻／自然学について、十八巻／自然学の概要について、二巻／自然学、八巻／自然学者への反論、一巻／植物研究について（植物誌）、十巻／植物原因論、八巻／樹液について、五巻／偽りの快楽について、一巻／魂について――一つの提言（テシス）／技術にもとづかぬ立証について、一巻／疑問を提示するだけの議論（問答法的議論の一種）について、一巻／階調理論、一巻／徳について、一巻／反撥あるいは反対、一巻／否定について、一巻／格言（グノーメー）について、一巻／滑稽なことについて、一巻／午後（夕方）の談話、二巻／分割、二巻／場所による差異について、一巻／不正行為について、一巻／中傷について、一巻／賞讃について、一巻／経験について、一巻／書簡、三通／自然発生する動物について、一巻／分泌について、一巻／神々への賛歌、一巻／祭礼について、一巻／幸運について、一巻／弁論術的推論（エンテュメーマ）について、一巻／もろもろの発見について、二巻／倫理学講義、一巻／倫理的性格（性格論）、一巻／（宴会）騒ぎについて、一巻／歴史研究について、一巻／推論（三段論法）の評価について、一巻／追従について、一巻／海について、一巻／王制についてカサンドロスに答える、一巻／喜劇について、一巻／〔韻律について、一巻〕／語法・措辞（レクシス）について、一巻／命題集、一巻／（諸問題の）解決、一巻／音楽について、三巻／韻律について、一巻／メガクレス、一巻／法律について、一巻／違法について、一巻／クセノクラテスの学説要約、一巻／社交論、一巻／誓いについて、一巻／弁論術に関する諸規定、一巻／富について、一巻／詩学（創作論）について、一巻／政治学、倫理学、自然学、およびエロース論に関する諸問題、一巻／序論（プロオイミオン）、一巻／問題集、一巻／自然学の諸問題について、一巻／例証について、一巻／主題の提示と叙述について、一巻／詩学（創作論）について、別冊、一巻／賢者たちについて、一巻／勧告について、一巻／ソロイキスモス（語法違反）について、一巻／弁論の技術について、一巻／弁論術教本の常套句、十七巻／演説の仕方について、一巻／アリストテレスないしはテオプラストスの講義録、六巻／自然学者たちの学説、十六巻／自然学者たちの学説抜粋、一巻／親切（カリス）について、一巻／〔倫理的性格（性格論）〕／偽と真について、一巻／神的な事柄についての研究（神学史）、六巻／神々について、三巻／幾何学に関する歴史的研究（幾何学史）、四巻／アリストテレスの『動物誌』からの抜粋、六巻／問答法的な推論（エピケイレーマ）、二巻／テーゼ（テシス）集、別冊、三巻／王制について、二巻／原因について、一巻／デモクリトスについて、一巻／〔中傷について、一巻〕／生成について、一巻／動物の知能と性格について、一巻／運動について、二巻／視覚について、四巻／もろもろの定義に対して、二巻／所与について、一巻／より大とより小について、一巻／音楽家について、一巻／神的な幸福について、一巻／アカデメイア派の人たちに答える、一巻／哲学のすすめ（プロトレプティコス）、一巻／国家はいかにしたら最もよく治められるか、一巻／講義録（ヒュポムネーマタ）、一巻／シケリアにおける噴火について、一巻／一般に同意されている事柄について、一巻／〔自然学の諸問題について、一巻〕／「知る」のにはどんな方法があるか、一巻／「嘘つき」という詭弁について、三巻／トポス論への序論、一巻／アイスキュロスに対して、一巻／天文学史、六巻／乗法（？）に関する数論的研究、一巻／アキカロス、一巻／法廷弁論について、一巻／〔中傷について、一巻〕／アステュクレオン、パニアス、ニカノルに宛てた書簡／敬虔について、一巻／バッコスの信女について、一巻／好機について、二巻／適切な議論について、一巻／子供たちの指導について、一巻／（同上）別の論文、一巻／教育について、あるいは徳について、あるいは節制について、一巻／〔哲学のすすめ（プロトレプティコス）、一巻〕／数について、一巻／推論の用語に関する諸規定、一巻／天体論、一巻／政治問題、二巻／自然について／果実について／動物について／以上全部で二十三万二千八百八行になる。実際、この人にもそれほどの多くの著作があったのである。[103]

おそらくこうしたリストのことを考えながら、わたしは『薔薇の名前』のなかで、修道院の図書室の果てしない蔵書目録を挿入したのだと思います。『薔薇の名前』のなかでわたしが列挙したのは、（当時修道院の蔵書として流通していた）実在の本であって、ラブレーが引用したような架空の書籍名ではありません。ですがこうした蔵書目録が祈りやマントラや連禱を聞いているかのような印象をもたらすことに変わりはありません。書籍目録を愛する気持ちは、セルバンテスからユイスマンスやカルヴィーノまで数多くの作家たちを捕らえてきました。書籍収集家は、（実用的な目的で作成された）古書店の書籍目録を、まるで理想の楽園や欲望の世界を描写した書であるかのように読みふけり、そこからたくさんの快楽を得るのです。それは、ジュール・ヴェルヌの読者が、静かな深海を探検したり伝説の海獣に出会ったりするときに得る快楽に匹敵するほどのものです。

今日を生きるわたしたちは、書籍名の無限のリストに実際に出会うことができます。World Wide Webは、真の意味で「すべてのリストの母」なる存在であり、本質的に「無限」です。なぜなら、それは常に進化していくからです。それは、網《ウエブ》であり、迷宮《ラビリンス》でもあります。インターネットによって得られる眩暈は、あらゆる眩暈のなかでももっとも神秘的な眩暈です。それは、完全にヴァーチャルなものでありながら、わたしたちに実際に情報の目録を提供し、わたしたちがあたかも豊かで全能であるかのように感じさせてくれるのです。唯一の問題点は、どれが実世界のデータに基づいたもので、どれがそうでないのかが分からないことです。そこにはもはや、真実と間違いとの区別はありません。

グーグルで、「リスト」というキーワードを検索すると、二一億近いサイトが出てきます。このような状況の現代においても、新たなリストを発明することはいまだ可能なのでしょうか？

しかし無限性をほのめかすためのリストなら、桁外れに長いわけにはいきません。『薔薇の名前』で言及したいくつかの書籍名を見直すだけでも、眩暈を感じるくらいです。『De pentagono Solomonis』『Ars loquendi et intelligendi in lingua hebraica』『De rebus metallicis』

（ヘレフォードのロジャー著）、『Algebra』（アル＝フワーリズミー著）、『Punica』（シリウス・イタリクス著）、『Gesta francorum』『De laudibus sanctae crucis』（ラバヌス・マウルス著）、『Giordani de aetate mundi et hominis reservatis singulis litteris per singulos libros ab A usque ad Z』『Quinti Sereni de medicamentis』『Phaenomena』『Liber Aesopi de natura animalium』『Liber Aethici peronymi de cosmographia』『Libri tres quos Arculphus episcopus Adamnano escipiente de locis sanctis ultramarinis designavit conscribendos』『Libellus Q. Iulii Hilarionis de origine mundi』『Solini Polyhistor de situ orbis terrarum et mirabilibus』『Almagesthus』……

　あるいは、ファントマの小説シリーズのリストを見るだけでもわたしは眩暈を感じます。『Fantômas』『Juve contre Fantômas』『Le Mort qui tue』『L'Agent secret』『Un Roi prisonnier de Fantômas』『Le Policier apache』『Le Pendu de Londres』『La Fille de Fantômas』『Le Fiacre de nuit』『La Main coupée』『L'Arrestation de Fantômas』『Le Magistrat cambrioleur』『La Livrée du crime』『La Mort de Juve』『L'Évadée de Saint-Lazare』『La Disparition de Fandor』『Les Souliers du mort』『Le Mariage de Fantômas』『L'Assassin de Lady Beltham』『La Guêpe rouge』『Les Amours d'un prince』『Le Bouquet tragique』『Le Jockey masqué』『Le Voleur d'or』『Le Cadavre géant』『Le Faiseur de reines』『Le Cercueil vide』『La Série rouge』『L'Hôtel du crime』『La Cravate de chanvre』『La Fin de Fantômas』

あるいはシャーロック・ホームズの物語のリスト（の一部）を見るだけでもわたしは眩暈を感じます。『花婿失踪事件』『ボヘミアの醜聞』『赤毛組合』『三人の学生』『ボスコム渓谷の惨劇』『オレンジの種五つ』『唇のねじれた男』『青い紅玉』『まだらの紐』『技師の親指』『独身の貴族』『ぶな屋敷』『白銀号事件』『白面の兵士』『這う男』『高名な依頼人』『ライオンのたてがみ』『マザリンの宝石』『隠居絵具師』『サセックスの吸血鬼』『三破風館』『三人ガリデブ』『覆面の下宿人』『緑柱石の宝冠』『ボール箱』『瀕死の探偵』『空き家の冒険』『最後の事件』『グロリア・スコット号事件』『ギリシア語通訳』『バスカヴィルの犬』『マスグレーヴ家の儀式』『緋色の研究』『海軍条約文書事件』『ノーウッドの建築業者』『ソア橋』『赤い輪』『ライゲートの大地主』『入院患者』『第二の汚点』『四つの署名』『六つのナポレオン』『孤独な自転車乗り』『株式仲買店員』『恐怖の谷』……アーメン。

リスト。それは、読むことと書くことの快楽。以上、若き小説家の告白でした。

注

1 ランボーのように、一八歳を少し過ぎたばかりの若さで詩作をあきらめる者もいます。

2 一九五〇年終わりから一九六〇年代初めにかけての時期、わたしはパロディーなどの短篇作品をいくつか書きました。それらの作品は *Misreadings*（New York: Harcourt, 1993）〔『ウンベルト・エーコの文体練習』和田忠彦訳、新潮文庫、二〇〇〇年〕に収められています。しかしわたしにとって、これらは単なるお遊びのようなものでした。

3 以下を参照のこと。Umberto Eco, "Come scrivo," in Maria Teresa Serafini, ed., *Come si scrive un romanzo*（Milan: Bompiani, 1996）.

4 Linda Hutcheon, "Eco's Echoes: Ironizing the（Post）Modern," in Norma Bouchard and Veronica Pravadelli, eds., *Umberto Eco's Alternative*（New York: Peter Lang, 1998）; Linda Hutcheon, *A Poetics of Postmodernism*（London: Routledge, 1988）; Brian McHale, *Constructing Postmodernism*（London: Routledge, 1992）; Remo Ceserani, "Eco's（Post）modernist Fictions," in Bouchard and Pravadelli, *Umberto Eco's Alternative*.

5 Charles A. Jencks, *The Language of Post-Modern Architecture*（Wisbech, U.K.: Balding and Mansell, 1978）, 6.〔チャールズ・ジェンクス『ポスト・モダニズムの建築言語』（a+u臨時増刊）竹山実訳、エー・アンド・ユー、一九七八年〕

6 Charles A. Jencks, *What is Post-Modernism?*（London: Art and Design, 1986）, 14-15. See also Charles A. Jencks, ed., *The Post-Modern Reader*（New York: St. Martin's, 1992）.

7 Umberto Eco, *The Open Work* (Cambridge, Mass.: Harvard University Press, 1989)〔ウンベルト・エーコ『開かれた作品』篠原資明・和田忠彦訳、青土社、一九八四年〕

8 以下を参照のこと。Jacques Derrida, “Signature Event Context,” *Glyph*, I (1977): 172-197.（この論文は後に Derrida, *Limited Inc.*, trans. Samuel Weber and Jeffery Mehlman (Evanston, Ill.: Northwestern University Press, 1988)〔デリダ『有限責任会社』高橋哲哉・増田一夫・宮崎裕助訳、法政大学出版局、二〇〇二年〕のなかにも収められた）。John Searle, “Reiterating the Differences: A Reply to Derrida,” *Glyph*, I (1977): 198-208. この論文は後にサール著 *The Construction of Social Reality* (New York: Free Press, 1995) の中にも収められた。

9 以下を参照のこと。Philip L. Graham, “Late Historical Events,” *A Wake Newslitter* (October 1964): 13-14; Nathan Halper, “Notes on Late Historical Events,” *A Wake Newslitter* (October 1965): 15-16.

10 Ruth von Phul, “Late Historical Events,” *A Wake Newslitter* (December 1965): 14-15.

11 〔訳注：エドモンド・ウォーラーの詩「Go, Lovely Rose」〕

12 〔訳注：ウィリアム・ブレイクの詩「病める薔薇 (The Sick Rose)」の一節、“Rose thou art sick”〕

13 〔訳注：子供の輪遊び唄、“Ring Around the Rosie”〕

14 〔訳注：シェークスピア『ロミオとジュリエット』のなかの台詞、“a rose by any other name”〕

15 〔訳注：ガートルード・スタインの詩「聖なるエミリー (Sacred Emily)」の一節、“a rose is a rose is a rose is a rose”〕

16 しかしながら、音節の長さについて言えば、「Roma」の「o」は長音のため、六歩格の最初の長短短格の韻脚がきちんと機能しなくなってしまう。したがって「Rosa」が正しい。

17 Helena Costiucovich, “Umberto Eco: Imja Rosi,” *Souriemiennaja hudoziestviennaja litieratura za rubiezom*, 5 (1982): 101 ff.

18 Robert F. Fleissner, *A Rose by Another Name: A Survey of Literary Flora from Shakespeare to Eco* (West Cornwall, U. K.: Locust Hill Press, 1989), 139.

19 Giosuè Musca, "La camicia del nesso," *Quaderni Medievali*, 27 (1989).

20 A. R. Luria, *The Man with a Shattered World: The History of a Brain Wound* (Cambridge, Mass.: Harvard University Press, 1987)〔A・R・ルリア『失われた世界——脳損傷者の手記』杉下守弘・堀口健治訳、海鳴社、一九八〇年〕

21 〔訳注：この箇所を訳すにあたっては、『セルバンテス』（野谷文昭編、集英社文庫、二〇一六年）に収録されている「ドン・キホーテ」（野谷文昭訳）を参考にした〕

22 Umberto Eco, *Foucault's Pendulum*, trans. William Weaver (New York: Harcourt, 1989), ch. 57.〔ウンベルト・エーコ『フーコーの振り子』藤村昌昭訳、文春文庫、一九九九年、第五七章〕〔訳注：この箇所を訳すにあたっては、同書の訳を参考にした〕

23 ちなみに、ファリア神父は本当に実在した人物で、デュマはこの興味深いポルトガル人の神父に着想を得ていた。しかし本物のファリア神父は、催眠術に関心を持っていた人物で、モンテ・クリストの教師とはかなり異なる人物であった。デュマはよく歴史上の人物を作品のなかで使っていたが（ダルタニアンなど）、それらの人物が本当はどのような人物だったかということを読者は気にする必要がなかった。

24 何年か前にわたしはイフ城を訪れたが、そのときにはモンテ・クリストの独房だけでなく、ファリア神父によって掘られたとされるトンネルまで見ることができた。

25 Alexandre Dumas, *Viva Garibaldi! Une odyssée en 1860* (Paris: Fayard, 2002), ch. 4.

26 心優しく繊細なわたしの友人はよくこう言っていた。「映画のなかで旗がはためくのを見ると、涙が出てくるんだ。どこの国の旗でもね」。いずれにしても、人間がフィクションの登場人物に心を動かされるという事実は心理学と物語論の両方で多くの本を生み出している。包括的な概説については、以下を参照。

Margit Sutrop, "Sympathy, Imagination, and the Reader's Emotional Response to Fiction," in Jürgen Schlaeger and Gesa Stedman, eds., *Representations of Emotions* (Tübingen: Günter Narr Verlag, 1999), 29–42. ほかには、Margit Sutrop, *Fiction and Imagination* (Paderborn: Mentis Verlag, 2000), 5. 2; Colin Radford, "How Can We Be Moved by the Fate of Anna Karenina?" *Proceedings of the Aristotelian Society*, 69, suppl. (1975): 77; Francis Farrugia, "Syndrome narratif et archétypes romanesques de la sentimentalité: Don Quichotte, Madame Bovary, un discours du pape, et autres histoires," in Farrugia et al., *Emotions et sentiments: Une construction sociale* (Paris: L'Harmattan, 2008).

27　以下を参照のこと。Gregory Currie, *Image and Mind* (Cambridge: Cambridge University Press, 1995). カタルシスは、アリストテレスの定義によれば、ある種の感情の錯覚である。悲劇のヒーローに自らを重ね合わせるからこそ、かれらの身に起こることを目撃するとき、わたしたちは哀れみや恐れを感じ、カタルシスを得るのである。

28　存在論の観点からの綿密かつ包括的な議論については、Carola Barbero, *Madame Bovary: Something Like a Melody* (Milan: Albo Versorio, 2005) を参照。この著者は存在論的アプローチと認識論的アプローチの違いを明確に説明している。「存在しない物をわたしたちの認識がどのように捉えるかということについて、対象論はいっさい関心を持たない。実際のところ対象論は、対象物の一般性にだけ焦点をあてるのであって、その物の仮定されうる性質とは無関係なのである」

29　以下を参照のこと。John Searle, "The Logical Status of Fictional Discourse," *New Literary History*, 6, no. 2 (Winter 1975): 319–332.

30　Jaakko Hintikka, "Exploring Possible Worlds," in Sture Allén, ed., *Possible Worlds in Humanities, Arts and Sciences*, vol. 65 of *Proceeding of the Nobel Symposium* (New York: De Gruyter, 1989), 55.

31 Ludomir Dolezel, "Possible Worlds and Literary Fiction," in Allén, *Possible Worlds*, 233.

32 たとえばジョージ・W・ブッシュ大統領は二〇〇一年九月二四日の記者会見で、「カナダ・メキシコ間の国境関係がこれほどよかったことは今までにない」と述べている。

33 この文章は以下の文献に引用されている。Samuel Delany, "Generic Protocols," in Teresa de Lauretis, ed., *The Technological Imagination* (Madison, Wis.: Coda Press, 1980).

34 物語の可能世界が小さいことや寄生的であることについては、以下を参照のこと。Umberto Eco, *The Limits of Interpretation* (Bloomington: Indiana University Press, 1990), chapter entitled "Small Worlds."

35 *Six Walks in the Fictional Woods* (Cambridge, Mass.: Harvard University Press, 1994)〔『エーコの文学講義——小説の森散策』和田忠彦訳、岩波書店、一九九六年〕の第五章で述べたように、現実世界の事実と異なることが物語にあっても、読者は多かれ少なかれ大体それを進んで受け入れるものである。現実世界の事実と異なることを戸惑いなく受け入れられるかどうかは、その読者が持っている知識情報にもよる。アレクサンドル・デュマは、『三銃士』のなかで、時代設定が一七世紀であるにもかかわらず、アラミスをセルヴァンドーニ街に住まわせているが、実際にはありえないことである。この通りの名前の由来である建築家セルヴァンドーニが生きたのはその一世紀も後のことなのだから。しかし、当時の読者のうち、セルヴァンドーニについて少しでも知っている人はごくわずかであったため、読者は戸惑うことなくこの情報を受け入れることができた。もしデュマが、アラミスをボナパルテ街に住まわせたとしたら、読者は当然ながら困惑することだろう。

36 以下を参照のこと。Roman Ingarden, *Das literarische Kunstwerk* (Halle: Niemayer Verlag, 1931); in English, *The Literary Work of Art*, trans. George G. Grabowicz (Evanston, Ill.: Northwestern University Press, 1973)〔ローマン・インガルデン『文学的芸術作品』滝内槇雄・細井雄介訳、勁草書房、

一九八二年〕

37 Stendhal, *The Red and the Black*, trans. Horace B. Samuel (London: Kegan Paul, 1916), 464.〔スタンダール『赤と黒』野崎歓訳、光文社古典新訳文庫、二〇〇七年〕［訳注：この箇所を訳すにあたっては、同書の訳を参考にした］

38 二つの銃弾については、以下を参照のこと。Jacques Geninasca, *La Parole littéraire* (Paris: PUF, 1997), II, 3.

39 Umberto Eco, *Kant and the Platypus*, trans. Alastair McEwen (New York: Harcourt, 1999)〔ウンベルト・エーコ『カントとカモノハシ』和田忠彦監訳、岩波書店、二〇〇三年〕の特に1.9の箇所を参照のこと。

40 ただし、アンナが人工産物なのだと言っても、彼女の性質は「イス」や「船」などのほかの人口産物とは異なる。この点については以下を参照のこと。Amie L. Thomasson, "Fictional Characters and Literary Practices," *British Journal of Aesthetics*, 43, no. 2 (April 2003): 138-157. フィクションのなかの人口産物は物理的なものではないため、特定の時空間には属さない。

41 Umberto Eco, *Semiotics and the Philosophy of Language* (Bloomington: Indiana University Press, 1984)〔ウンベルト・エーコ『記号論と言語哲学』谷口勇訳、国文社、一九九六年〕の2.3.3の箇所、及び同著者の *The Limits of Interpretation* (Bloomington: Indiana University Press, 1990).

42 Philippe Doumenc, *Contre-enquête sur la mort d'Emma Bovary* (Paris: Actes Sud, 2007).

43 以下を参照のこと。Eco, *Six Walks in the Fictional Woods*, 126.〔エーコ『エーコの文学講義――小説の森散策』〕

44 以下の記事を参照のこと。Aislinn Simpson, "Winston Churchill Didn't Really Exist," *Telegraph*, February 4, 2008.

45 ジャンバッティスタ・ヴィーコやトマス・リードからジョン・サールにいたるまでの「社会的な物」についての思想史については以下を参照のこと。Maurizio Ferraris, "Scienze sociali," in Ferraris, ed., *Storia dell'ontologia*（Milan: Bompiani, 2008）, 475-490.

46 以下を参照のこと。John Searl, "Proper Names," *Mind*, 67（1958）: 172.

47 Roman Ingarden, *Time and Modes of Being*, trans. Helen R. Michejda（Springfield, Ill.: Charles C. Thomas, 1964）、及び同著者の *The Literary Work of Art*〔インガルデン『文学的芸術作品』〕を参照のこと。インガルデンの立場についての批評は、以下を参照のこと。Amie L. Thomasson, "Ingarden and the Ontology of Cultural Objects," in Arkadiusz Chrudzimski, ed., *Existence, Culture, and Persons: The Ontology of Roman Ingarden*（Frankfurt: Ontos Verlag, 2005）.

48 Barbero, *Madame Bovary*, 45-61.

49 Woody Allen, "The Kugelmass Episode," in Allen, *Side Effects*（New York: Random House, 1980）〔ウッディー・アレン「ボヴァリー夫人の恋人」堤雅久訳、『ぼくの副作用——ウディ・アレン短篇集』堤雅久・芹沢のえ訳、CBS・ソニー出版、一九八一年〕

50 これらの問題については、以下を参照のこと。Patrizia Violi, *Meaning and Experience*, trans. Jeremy Carden（Bloomington: Indiana University Press, 2001）, IIB and III 及び、Eco, *Kant and the Platypus*〔エーコ『カントとカモノハシ』〕, 199, 3. 7.

51 Peter Strawson, "On Referring," *Mind*, 59（1950）.

52 当然ながら、百科事典的知識は常に更新されていくべきものである。一八二一年の五月四日の時点なら、ナポレオンは、「セントヘレナ島に幽閉されている現存の元皇帝」として記録される。

53 自分の目でその事実を確かめるのが難しい場合は（たとえば、「オバマが昨日バグダッドを訪れた」と誰かが言った場合など）、わたしたちは（新聞やテレビ番組などの）「義眼」を使うことができる。直接自分の眼で確かめられないような遠い場所の出来事であっても、新聞やテレビ番組によって、この世界で何か実際に起こったのかを確かめることができるのである。

54 「数学的なものも（フィクションの登場人物と同様）修正されることがない」と反論を述べたくなる人もいるかもしれない。しかし、平行線の概念も非ユークリッド幾何学の登場によって修正されたし、フェルマーの小定理に関する考え方も、一九九四年以降イギリス人数学者アンドリュー・ワイルズの研究成果によって修正された。

55 より正確を期するならば、以下のように述べるべきであろう。「イエス・キリスト」という言葉はふたつの異なるものを指し示す。そして、誰かが「イエス・キリスト」と述べたとき、わたしたちはその発話の意味を理解するために、発話者がどのような宗教を信じているのか（あるいは無宗教なのか）を判断しなければならない。

56 これらの問題については以下を参照のこと。Umberto Eco, *The Role of the Reader*（Bloomington: Indiana University Press, 1979）.

57 以下を参照のこと。Umberto Eco, *The Infinity of Lists*, trans. Alastair McEwen（New York: Rizzoli International, 2009）〔ウンベルト・エーコ『芸術の蒐集』川野美也子訳、東洋書林、二〇一一年〕〔訳注：本書の第四章「極私的リスト」の内容は、同書『芸術の蒐集』と部分的に重なっている。この章を訳すにあたっては、同書の訳も参考にした〕

58 「実用的リスト」と「文学的リスト」の違いについては、Robert E. Belknap, *The List*（New Haven: Yale University Press, 2004）を参照のこと。文学的リストの貴重なアンソロジーとしては、Francis Spufford, ed., *The Chatto Books of Cabbages and Kings: Lists in Literature*（London: Chatto and Windus, 1989）も挙げられる。この本の著者 Belknap は、「実用的なリスト」は無限につづきうるのだと主張している（たとえば電話帳は毎年どんどん分厚くなっていくし、買い物リストも店に向かっている途中で何か書き足すことにより長くなったりする）。そして、そうした「実用的リスト」とは対照的に、「文学的リスト」は、作品の形式（韻律や押韻、ソネット形式など）に制限されるため、無限ではない閉じたものなのだと論じている。この論は簡単にひっくり返せるようにわたしには思われる。実用的リストは、ある特定の瞬間に、限られた数の物を指し示すものなので、そこには必然的に限りがある。実用的リストは、電話帳のように加筆していくことはできる。しかし、二〇〇八年の電話帳は、二〇〇七年の電話帳とは単に別のリストなのである。それに対して、この章で引用するすべての詩的リストは、（芸術的技法に関わる制限を受けてはいても）無限に広がりうる。

59 Ennodius, *Carmina*, Book 9, sect. 323c, in *Patrologia Latina*, ed. J.-P. Migne, vol. 63 (Paris, 1847).

60 Cicero, "First Oration against Lucius Catilina," in *The Orations of Marcus Tullius Cicero*, trans. C. D. Yonge, vol. 2 (London: G. Bell and Sons, 1917), 279–280 (sect. 1).〔キケロ「カティリナ弾劾第一演説」、『キケロー弁論集』小川正廣・谷栄一郎・山沢孝至訳、岩波文庫、二〇〇五年〕〔訳注：この箇所を訳すにあたっては、同書の訳を参考にした〕

61 Ibid., 282 (sect. 3).〔キケロ「カティリナ弾劾第一演説」、『キケロー弁論集』〕

62 Wislawa Szymborska, *Nothing Twice*, trans. Stanisław Barańczak and Clare Cavanagh (Krakow: Wydawnictwo Literackie, 1997)〔ヴィスワヴァ・シンボルスカ「可能性」、『シンボルスカ詩集』つかだみちこ編・訳、土曜美術社出版販売、一九九九年〕〔訳注：この箇所を訳すにあたっては、同書の訳を参考にした〕

63 残念ながらこの接続詞省略は、ウィリアム・スチュワート・ローズによる最初の英訳（一八世紀のもの）では消えてしまっている。英訳："Of loves and ladies, knights and arms, I sing, / Of courtesies, and many a daring feat."

64 Italo Calvino, *The Nonexistent Knight*, trans. Archibald Colquhoun (New York: Harcourt, 1962).

〔イタロ・カルヴィーノ『不在の騎士』米川良夫訳、河出書房新社、二〇〇五年〕［訳注：この箇所を訳すにあたっては、同書の訳を参考にした］

65 ［訳注：このラテン語による引用箇所の意味は以下の通り。「健やかで名高いナルボンヌよ。その街も田園も、目に心地よい。その城壁、市民、周辺、店も。港、柱廊、広場、劇場、神殿、公の建物、造幣所も。公衆浴場、門、倉庫、市場も。草原、噴水、島、塩田も。池、川、商品市、橋、海も。バッカス、ケレス、パレス、ミネルウァなどの女神を祀るにふさわしい街。その素晴らしい穂、葡萄の葉、牧草、搾油機」］

66 François Rabelais, *Gargantua*, trans. Sir Thomas Urquhart of Cromarty（1653）and Peter Antony Motteux（1693-1708）（Chicago: Encyclopedia Britannica, 1990）, ch. 22, "The Games of Gargantua."〔フランソワ・ラブレー『ガルガンチュワ物語――ラブレー第一之書』（改版）渡辺一夫訳、岩波文庫、二〇一二年、第二二章「ガルガンチュワの遊戯」〕［訳注：この箇所の訳については、同書の該当部分を引用した。エーコによる英語での引用は、フランス語の原文と列挙の順番が異なる点がある。ここではフランス語の原文の順序に即す日本語訳を引用した］

67 James Joyce, *Ulysses*, ed. Hans Walter Gabler（New York: Vintage, 1986）, 592-593（Book 3, ch. 2）.〔ジェイムズ・ジョイス『ユリシーズ』丸谷才一・永川玲二・高松雄一訳、集英社文庫、二〇〇三年（第三部、第二章）〕［訳注：この箇所の訳については、同書の該当部分を引用した］

68 ［訳注：エミリオ・サルガリの小説の登場人物］

69 ［訳注：サルガリの小説の登場人物］

70 ［訳注：テオフィル・ゴーティエの小説『キャプテン・フラカス』の登場人物］

71 ［訳注：ジョフリー・ハウスホールドの小説『Rogue Male』と映画『マンハント』の一場面］

72 ［訳注：サルガリの小説の登場人物］

73 ［訳注：サルガリの小説の登場人物ヤネツ・デ・ゴメラのこと］

74 〔訳注：カール・マイの小説『ヴィネトゥの冒険』の登場人物〕

75 〔訳注：サルガリの小説の登場人物〕

76 Eco, *Misreadings*.〔エーコ『ウンベルト・エーコの文体練習』〕

77 Umberto Eco, *The Name of the Rose*, trans. William Weaver (New York: Harcourt, 1983), ch. 3.〔ウンベルト・エーコ『薔薇の名前』河島英昭訳、東京創元社、一九九〇年、第三日〕〔訳注：この箇所を訳すにあたっては、同書の訳を参考にした〕

78 この発言は間違っていたかもしれない。書かれた年ははっきり分からないが、文学史における最初のリストは、ヘシオドスの『神統記』かもしれない。

79 〔訳注：この箇所を訳すにあたっては、以下の訳を参考にした。ホメロス『イリアス』松平千秋訳、岩波文庫、一九九二年〕

80 以下を参照のこと。Giuseppe Ledda, "Elenchi impossibili: Cataloghi e topos dell'indicibilità," unpublished; and idem, *La guerra della lingua. Ineffabilità, retorica e narrativa nella Commedia di Dante* (Ravenna: Longo, 2002).

81 Dante, *Paradise*, trans. Henry Francis Cary (London: Barfield, 1814), Canto 28, lines 91-92.〔ダンテ『神曲 天国篇』平川祐弘訳、河出文庫、二〇〇九年、第二十八歌〕〔訳注：この箇所を訳すにあたっては、同書の訳を参考にした〕

82 Umberto Eco, *The Island of the Day Before*, trans. William Weaver (New York: Harcourt, 1995), pp. 407–410 (ch. 32).〔ウンベルト・エーコ『前日島』藤村昌昭訳、文春文庫、二〇〇三年、第三二章〕読書経験の豊富な人であれば、引用末尾の文章が、「眼前描出法（hypotyposis）」の事例であるだけでなく、「視覚的作品の言語描写（ekphrasis）」の事例でもあることに気がつくことだろう。この箇所は、アルチンボルドによって描かれた有名な頭部の絵を描写しているのである。〔訳注：この箇所を訳すにあた

っては、同書の訳を参考にした〕

83 Walt Whitman, *Leaves of Grass*, Part 12, "Song of the Broad-Axe."〔ウォルト・ホイットマン「まさかりの歌」、『草の葉』酒本雅之訳、岩波文庫、一九九八年〕「まさかりの歌」。ホイットマンの詩におけるリストについては以下を参照のこと。Robert E. Belknap, *The List* (New Haven: Yale University Press, 2004)。〔訳注：この箇所を訳すにあたっては、同書（酒本雅之訳『草の葉』）の訳を参考にした〕

84 James Joyce, "Anna Livia Plurabelle," trans. James Joyce and Nino Frank (1938), reprinted in Joyce, *Scritti italiani* (Milan: Mondadori, 1979).

85 James Joyce, "Anna Livia Plurabelle," trans. Samuel Beckett, Alfred Perron, Philippe Soupault, Paul Léon, Eugène Jolas, Ivan Goll, and Adrienne Monnier, with the collaboration of Joyce, *Nouvelle Revue Française*, May 1, 1931.

86 〔訳注：この箇所を訳すにあたっては以下の訳を参考にした。ホルヘ・ルイス・ボルヘス「アレフ」篠田一士訳、『ラテンアメリカ（集英社ギャラリー「世界の文学」）』篠田一士訳・内田吉彦訳、集英社、一九九〇年〕

87 Umberto Eco, *Baudolino*, trans. William Weaver (New York: Harcourt Brace, 2001), 31.〔ウンベルト・エーコ『バウドリーノ』堤康徳訳、岩波書店、二〇一〇年〕〔訳注：この箇所を訳すにあたっては、同書の訳を参考にした〕

88 Eco, *Foucault's Pendulum*, pp. 7-8 (ch. 1); pp. 575-579 (ch. 112).〔エーコ『フーコーの振り子』、第一章、第一一二章〕〔訳注：この箇所を訳すにあたっては、同書の訳を参考にした〕

89 「理性的な動物である人間は、非理性的である他の動物とは区別されうる」という「違い」についての古くからの議論にはここでは立ち入らない。この問題については、ウンベルト・エーコ『記号論と言語哲学』の第二章を参照のこと。カモノハシについては、ウンベルト・エーコ『カントとカモノハシ』を参照のこと。

90 もちろん、「属性の列挙」を「評価」のための列挙として考えることもできる。その例として、エゼキエル書第二十七章におけるティルスについての賛辞を挙げることもできるだろう。あるいは、シェークスピアの『リチャード二世』第二幕におけるイングランドについての賛美（「王権を持つこの島……」の箇所）も挙げてもよい。評価のための「属性の列挙」としては、「laudatio puellae（美女の描写）」の様々な例もあり、そのもっとも崇高な例は雅歌である。しかし、ルベン・ダリオのような近代の作家の作品に同様の例を見つけられる。たとえば、かれの『アルゼンチンへの歌』は、ホイットマン的な文体による賛美のリストが炸裂した作品にほかならない。同様に、「vituperatio puellae あるいは vituperatio dominae（醜い女性の描写）」のリストも存在する。たとえば、ホラティウスやクレマン・マロのリストである。醜い男性を描写したリストもある。たとえば、エドモン・ロスタンの『シラノ・ド・ベルジュラック』でシラノが自分の鼻の醜さについて熱弁をふるう箇所が挙げられる。

91 以下を参照のこと。Umberto Eco, *The Search for a Perfect Language*（Oxford: Blackwell, 1995）〔ウンベルト・エーコ『完全言語の探求』上村忠男・廣石正和訳、平凡社、二〇一一年〕

92 以下を参照のこと。Leo Spitzer, *La Enumeración caotica en la poesia moderna*（Buenos Aires: Facultad de Filosofía y Letras, 1945）.

93 Eco, *Baudolino*, ch. 28.〔エーコ『バウドリーノ』、第二八章〕〔訳注：この箇所を訳すにあたっては、同書の訳を参考にした〕

94 Louis-Ferdinand Céline, *Bagatelles pour un massacre*, trans. Alastair McEwen〔ルイ＝フェルディナン・セリーヌ『セリーヌの作品〈第10巻〉虫けらどもをひねりつぶせ』片山正樹訳、国書刊行会、二〇〇三年〕この非常に反ユダヤ的な作品の翻訳を出版することは、セリーヌ遺産財団によって禁止されてきた。この作品の英訳は以下のウェブサイトで読むことができる。http://vho.org/aaargh/fran/livres6/

CELINEtrif.pdf（accessed August 20, 2010）．わたしの著書 *The Infinity of Lists*〔『芸術の蒐集』〕の英訳者 Alastair McEwen は、この引用箇所について新たな英訳を作った。以下に原語のテクストも引用しておこう（興味深いことにこの箇所は、『タンタンの冒険』でハドック船長が怒りを爆発させるところに似ている）。“Dine! Paradine! Crèvent! Boursouflent! Ventre dieu!... 487 millions! D’empalafiés co-sacologues! Quid? Quid? Quod? Dans tous les chancres de Slavie! Quid? De Baltique slavigote en Blanche Altramer noire? Quam? Balkans! Visqueux! Ratagan! De concombres!... Mornes! Roteux! De ratamerde! Je m’en pourfentre!... Je m’en pourfoutre! Gigantement! Je m’envole! Coloquinte!... Barbatoliers? Immensément! Volgaronoff!... Mongomoleux Tartaronesques!... Stakhanoviciants!... Culodovitch!... Quatre cent mille verstes myriamètres!... De steppes de condachiures, de peaux de Zébis-Laridon!... Ventre Poultre! Je m’en gratte tous les Vésuves!... Déluges!... Fongueux de marga-chiante!... Pour vos tout sales pots fiottés d’entzarinavés!... Stabiline! Vorokchiots! Surplus Décon-fits!... Transbérie!...〔訳注：この箇所の訳については、同書（片山正樹訳『セリーヌの作品〈第10巻〉虫けらどもをひねりつぶせ』）の該当部分を引用した〕

95　以下を参照のこと。Detlev W. Schumann, “Enumerative Style and Its Significance in Whitman, Rilke, Werfel,” *Modern Language Quarterly*, 3, no. 2（June 1942）: 171–204.

96　Spitzer, *La Enumeración caotica en la poesia moderna.*

97　Arthur Rimbaud, “Childhood,” Part 3, trans. Louise Varèse（1946）, *Illuminations*, www.mag4.net/Rimbaud/poesies/Childhood.html（accessed September 2. 2010）.〔アルチュール・ランボー「イリュミナシオン」中地義和訳、『ランボー全詩集』平井啓之・湯浅博雄・中地義和・川那部保明訳、青土社、一九九四年〕〔訳注：この箇所を訳すにあたっては、同書の訳を参考にした〕

98　Italo Calvino, “I meteoriti,” in *Tutte le cosmicomiche*（Milan: Mondadori, 1997）, 314; in English,

The Complete Cosmicomics, trans. Martin McLaughlin, Tim Parks, and William Weaver (New York: Penguin, 2009).

99 Jorge Luis Borges, "John Wilkins' Analytical Language," in Borges, *Selected Nonfictions*, ed. Eliot Weinberger, trans. Esther Allen et al. (New York: Viking Penguin, 1999). 〔ホルヘ・ルイス・ボルヘス「ジョン・ウィルキンズの分析言語」、『ボルヘス・エッセイ集』木村榮一編訳、平凡社、二〇一三年〕 Michel Foucault, *Les Mots et les choses* (Paris: Gallimard, 1966); in English, *The Order of Things* (New York: Pantheon, 1970), preface. 〔ミシェル・フーコー『言葉と物』渡辺一民・佐々木明訳、新潮社、一九九八年、序文〕［訳注：この箇所を訳すにあたっては、同書の訳を参考にした］

100 Umberto Eco, *The Mysterious Flame of Queen Loana*, trans. Geoffrey Brock (New York: Harcourt, 2005), ch. 1. 〔ウンベルト・エーコ『女王ロアーナ、神秘の炎』和田忠彦訳、岩波書店、二〇一七年八月刊行予定、第一章〕［訳注：ここで引用されている英訳は、イタリア語の原文とは異なる箇所が多い。この箇所の英訳についてエーコは注で以下のように述べている。「このテクストをわたしの作品であるかのように引用するのは奇妙に感じられます。原語のイタリア語版では、普通のイタリア人の読者なら簡単に分かるような文学からの引用をつぎはぎしていました。そのつぎはぎを翻訳者が英語の読者にも分かるような引用を選びながら、「再創造」しなければならなかったのです。これは、翻訳家が、「同じ効果」を別の言語で生み出すため、文字通りの翻訳を避けなければいけないケースの一つにあたります。英訳は、原語と異なっていますが、混沌としたコラージュの感覚を読者に与えてくれます」］

101 同上、第八章

102 François Rabelais, *Pantagruel*, trans. Sir Thomas Urquhart of Cromarty and Peter Antony Motteux (Derby, U. K.: Moray Press, 1894), Book 1, ch. 7 〔フランソワ・ラブレー『パンタグリュエル物語——ラブレー第二之書』（改版）渡辺一夫訳、岩波文庫、二〇一二年、第七章〕［訳注：この箇所の訳について

は、同書の該当部分を引用した〕

103　Diogenes Laertius, *The Lives and Opinions of Eminent Philosophers*, trans. C. D. Yonge (London: Bohn, 1853), Book 5, "Life of Theophrastus," 42-50〔ディオゲネス・ラエルティオス『ギリシア哲学者列伝』加来彰俊訳、岩波文庫、一九八九年〕〔訳注：この箇所の訳については、同書の該当部分を引用した〕

訳者解説

和田忠彦

本書は原著の副題からも判るように、二〇〇八年一〇月五日から三日間、北米アトランタにあるエモリー大学リチャード・エルマン・レクチャーズ十八人目の講師として、ウンベルト・エーコが計三時間にわたって行った講義をもとに纏められたものである（*Confessions of a Young Novelist: The Richard Ellmann Lectures in Modern Literature*, Harvard University Press, 2011）。

一九八八年から隔年で開催されているこの特別講義に招かれた歴代の講師陣はとながめてみると、ノーベル文学賞詩人シェイマス・ヒーニーを皮切りに、錚々たる顔ぶれでエーコの前には、マリオ・バルガス・リョサ（二〇〇六年）、サルマン・ラシュディ（二〇〇四年）、デイヴィッド・ロッジ（二〇〇一年）と小説家たちが並んでいる。そしてエーコの翌々年にはマーガレット・アトウッド、さらにはポール・サイモンとつづいている。秋の宵、各一時間三回の講義に朗読会などを織り交ぜて繰りひろげられる華やかで格式ある恒例行事のようだ（望めば、iTunesやYouTubeなどで講義や朗読会の音声は聴くことができる）。

エーコはこのとき七六歳九カ月。そして三回の講義のタイトルは、ジョイスに倣って「若き小説家の告白」。当然ながら講義の冒頭でエーコは、「若き小説家」とみずから称する理由を説明することからはじめることになる。曰く、小説家としてはまだ二八年間に五冊の小説を出したにすぎないのだから「若い」のだと。小説家としては「アマチュア」、学者としては「プロ」――この自己規定にもとづいて、今回は「小説」について話すことにするのだと。

当時、三回の講義それぞれに宛がわれたタイトルは、第一講 “How I Write”、第二講 “Author, Text, and Interpreters”、第三講 “On the Advantages of Fiction for Life and Death” であった。それが本書に纏められるに際して、第二講はそのままに、残りは、“Writing from Left to Right”、“Some Remarks on Fictional Characters” と改めたうえで、第四章として “My Lists” が加えられたことになる。

こうして小ぶりな判型に控えめな頁数（二四〇頁）に、三回の講義録全体と、自作小説に登場する（あるいはそれを構成する）リストと世界の文学史を彩るリストとの比較の試みを盛り合わせて、本書は成立したわけだ。

さて、第一章「左から右へ書く」では、『薔薇の名前』（一九八〇年）から『女王ロアーナ、神秘の炎』（二〇〇四年）にいたる自作小説にまつわる創作の舞台裏が語られる。エーコの小説愛読者なら、たとえば『「薔薇の名前」覚書』（一九八三年）のような自作解説小冊子などを介して、すでに承知の逸話も少なからず出てくることに気づくだろう。だが、仮に知っているとしても、ここでのエーコの語り口は（英語で聴衆にむけてということもあるのだろうけれど）、ひと味ちがっているから、つい惹きこまれて読み進めてしまう。肩肘張らず読者に、「プロ」である学者の眼から見た自作の理論的背景や意図と、「アマチュア」である小説家がたどってきた創作過程や苦労とを、両者突き合わせるかたちで、やさしく語って聞かせようとしているからだ。

そのくだけた啓蒙的語り口ともいえる姿勢は第二章「作者、テクスト、解釈者」に移っても変わることがない。文学テクストと解釈の関係を、『開かれた作品』(一九六二年)以来、『物語における読者』(一九七二年)を経て、『解釈の限界』(一九九〇年)、『小説の森散策』(一九九四年)『カントとカモノハシ』(一九九七年)、さらには『文学について』(二〇〇二年)へといたる、おびただしい理論書から要所を掻い摘まみながらやさしく説いていく。「テクストの意図」をめぐって、読者と作者はどのような関係を築くべきなのか、築きうるのか、そして「解釈」の過剰はなぜ、どのようなときに生じるのか――そんなわたしたちがエーコの理論的著作をとおして学んできた仮説モデルが、ここでは殊の外かみ砕いたかたちで、しかも自作小説を例に採って語られていく。とりわけ「翻訳」という「解釈」の一形態をめぐる経験談には、これまで公表されていなかった逸話もいくつか登場して、いっそう読者の興味をそそるにちがいない。

第三章「フィクションの登場人物についての考察」では、もっぱら先にも挙げたハーヴァード大学での講義録『小説の森散策』と、エーコ唯一の文学論集となった『文学について』において論じられた虚構と現実をめぐる世界の関係性が、「可能世界」の様態を解き明かすことによって、いわば両者の相互浸透の可能性として語られている。

そしてこの問題を解く鍵は、第三講の比較的冒頭でエーコが聴衆にむかって披露する、かつて友人に投げかけられた問いに集約されているようだ。――「アンナ・カレーニナが現実世界には存在しない架空の人物だと知っているのに、なぜわたしたちは彼女の苦境を思って泣くのだろうか、あるいは少なくともその不幸にふかく心を揺さぶられるのだろうか」。

この問いにたいする答えこそが、おそらくはエーコが小説を書きつづけた理由であり、読者がその作品に惹かれる理由でもあるような気がするのだけれど、ここでは訳者の領分をまもることとして、解答の役割は読者のみなさんに委ねることにしよう。

最終章にして分量的には全体のほぼ半分を占める第四章「極私的リスト」については、この冒頭でもふれたとおり、自作小説に登場する（あるいはそれを構成する）多用多岐にわたるリストと世界の文学史を彩るさまざまなリストとの比較の試みであると言ってよいだろう。この特別講義の翌年二〇〇九年に刊行される『リストの眩暈』（邦題『芸術の蒐集』）に含まれることになる自著からの引用に、ホメロスからプリニウス、ラブレーからジェイムズ・ジョイスにいたる、無尽蔵とも映る文学を彩るリストの数々が、詩的であれ実践的であれお構いなく直接間接に列挙されていく。ボルヘス『バベルの図書館』への暗示もあれば、まさしくリストの産物としか言いようのない自作小説『女王ロアーナ、神秘の炎』もたっぷり引用されている。

そして最後に、こう記されている――「リスト、それは読むことの快楽。以上、若き小説家の告白でした」。

＊＊＊＊＊＊＊＊＊＊＊＊＊

ウンベルト・エーコが逝って一年余が過ぎた。幸いにして、日本の読者には、まだこうしてあらたに手にすることのできる著作が残されている。すでに逝去直後に公開されたとおり、死後十年間、シンポジウムをはじめ、本人の名を冠したあらゆる行事を禁ずるという遺言があるおかげで、いままでのところ、エーコの周辺にいた人びとも沈黙を保ちつづけている。それだけにかれの不在のおおきさがいっそう際立ちつつある気がする。

この短いあとがきを終えるにあたって、ちょうどリチャード・エルマン・レクチャーズと同じように、エーコがみずからについて語った文章を引きたいと思う。

「もしわたしのさまざまな活動をむすぶ赤い糸をもとめるとすれば、むかし耳にしたひとつの科白が記憶によみがえってくる。大学を卒業するころ、ルイジ・パレイゾンから聞いたことばだ。それはおおよそこんなふうだった。わたしたちはそれぞれたったひとつの理想をもって生まれてくる、そして一生そのまわりをめぐりつづけるだけなのだ。そのころのわたしには、それがたいそう反動的に思えた。たったひとつの理想を深化させていくなんて進歩がないではないか、変化が。それが大人になってみて、パレイゾンが正しかったと気づくようになった。自分も生涯をとおして、なにかに取り憑かれたみたいにして、核心にある同じひとつの理想を追いかけているだけだと。もっとも、その理想がどんなものかを口にするのは、まだ早いけれど」

イタリア作家たちが自分について語ったアンソロジーに収められたこの文章は、一九九〇年に発表されたものだ。五〇歳代の終わりに差し掛かっていたエーコは、恩師パレイゾンのことばに、結局は導かれるようにして、このあとも「理論化できないことについては物語らなければならない」という、あの『薔薇の名前』の見返し扉にみずから記した惹句どおりの著作活動をつづけ、八四年の生涯を閉じることになる。

＊＊＊＊＊＊＊＊＊＊

さて、本書の訳題について、ひと言お断りしなければならない。編集部と相談のうえ、原著にはない「小説講座」をメインタイトルに冠するにあたり、原著のメインタイトルは副題として附すこととした。その際、ジョイスの顰みに倣った「若き小説家の告白」についても、第一章で本人もふれているように、みずからをクリエイティヴな文章を物する「物書き」と規定していたエーコの意図を反映するかたちで、「小説家」から「作家」とあらためた。

最後に本書の刊行を精力的にそしてなにより朗らかに支えてくださった筑摩書房編集局の天野裕子さんに、訳者ふたりより心から感謝を申し上げる。

二〇一七年六月

索　引

ウンベルト・エーコ（Umberto Eco）
1932年、北イタリアのアレッサンドリアに生れる。哲学・中世美学・記号論・メディア論の分野において、世界的知識人として名を知られるようになる。しかるのち、50歳目前にして小説『薔薇の名前』を刊行。この処女作が大ベストセラーとなる。その後、『フーコーの振り子』『前日島』『バウドリーノ』『女王ロアーナ、神秘の炎』など多数の小説を刊行。著書の多くが世界各国で翻訳されている。2016年没。

和田忠彦（わだ・ただひこ）＝訳
1952年生れ。東京外国語大学名誉教授。専攻、イタリア近現代文学・文化芸術論。訳書にウンベルト・エーコ『小説の森散策』『開かれた作品』など多数ある。

小久保真理江（こくぼ・まりえ）＝訳
1980年生れ。東京外国語大学特任講師。専攻、イタリア近現代文学・文化芸術論。

ウンベルト・エーコの小説講座《しょうせつこうざ》
——若《わか》き作家《さっか》の告白《こくはく》

2017年 7月20日　初版第1刷発行
2017年 9月30日　初版第2刷発行

ウンベルト・エーコ——著者

和田忠彦
小久保真理江——訳者

山野浩一——発行者

株式会社筑摩書房——発行所
東京都台東区蔵前2-5-3　郵便番号111-8755　振替00160-8-4123

株式会社精興社——印刷

牧製本印刷株式会社——製本

ISBN978-4-480-83650-2 C0098